看了高兴的爱情故事

/

作品 方悄悄

Fang
Qiaoqiao
Works

北京联合出版公司
Beijing United Publishing Co.,Ltd.

Happy Love

看 了 高 兴 的 爱 情 故 事

序言

·1·

Part 1

今天等我来和我走好吗

Part 2

斯德哥尔摩情人

Part 3

好久不见

Part 4

你为什么哭了

序言

▶ 每当我感到无助时，就把唱歌的音调提高一度

方悄悄

"骗子，谁说是看了让人高兴的爱情故事，明明每一篇看了都偷偷掉眼泪。"

　　这是这本书里的一些篇章在"豆瓣阅读"发表时，一位读者给我的评价。

　　这评价里多少有一丝嗔怪，不过，我更多地将它看成读者与我的一种默契。在我最爱的日剧之一《倒数第二次恋爱》里，小泉今日子饰演的电视剧制片人吉野千明说："我认为，纯爱剧里要包含生活的喜怒哀乐。"这句话让我将她引为知己，也完美地概括了我创作爱情故事的主旨。

　　好看的爱情故事一定是由"喜、怒、哀、乐"构成的。

　　即使是在那些最明亮的故事里，也有某种悲伤的色彩，某种苦涩的意味。

　　反过来说，即使在苦涩的故事里，也会有甜美的味道，这取决于你怎么理解了。

　　如果想看百分之百甜甜的爱情故事，可以去知乎。"我大学在国内 TOP2，研究生考入美国 TOP10，男朋友在硅谷工作，我们在加州的海滩相遇。我喜欢清晨的阳光，我是学霸，我也爱健身。我们在巴黎过我们的纪念日。"这样的爱情故事也是存在的，而且还大量存在，不过我写不来。

我写的只是在平平淡淡的人生里，偶尔闪亮一下的爱情故事。

是那种你以为不行了不行了，我要放弃爱情放弃人生了，看到这里，忽然又觉得"不妨再努力尝试一把，也许就遇见真爱了"的爱情故事。

不是我吹牛，的确有读者告诉我：我把你的故事给我一个离婚的朋友看了，她很高兴，觉得看到了希望。

我问："为什么？"

她回答："因为她觉得你比她还惨……"

好吧。

尽管我一直反对大家将第一人称的"我"当作叙事者本人，但这的确也是我创作的初衷（之一）。我想说，当你觉得自己活不下去的时候，翻开这本书，看见一个个活得这么惨的人，比方说在公司联谊上被人当成活跃气氛老阿姨的大龄女白领，比方说，好不容易去参加一次电影节却暴露出不懂英文被炒鱿鱼的女记者，这样的女人们也并没有去自杀也没有每天哭哭啼啼，那么，你是不是心里多少会好过一点？反正我会好过一点。当我们痛苦时，没有比听到别人更大的痛苦更能带来安慰的了。这种心态不好讲出来，但也没那么不健康。那只是我们人性中一个微不足道的弱点而已，而且，正是靠着这样的弱点，我们才好歹能够一点点地前行，一点点地，尽管有时候是难以察觉地，走到更加光亮的地方去。

所以我不介意，你看到我的小说会觉得里面的人真是太惨了，哈哈哈哈哈今天好高兴。

因为我自己也是这样啊哈哈哈哈哈。

说正经点的话：

跟所有人一样我也失过恋。尽管整个人生说不上多不顺利，但是也有被坏蛋陷害的时候，难过得一整天起不了床，简直无法面对生活。

我也曾经以为自己要被打倒了，不过我好歹算是重新站了起来。工作变得顺利，出版也变得顺利，更重要的是，缓慢地发掘出了自己的才能，拥有了作为小说作者的自信，也因此拥有了比较确定无疑的立足之地。

也没有什么好自夸的……因为毕竟还是普普通通的生活，唯一不同的是，可能多了一种谜样的从容吧。我记得自己曾经有一次真的觉得自己挺不过去的时候，那时候，我走路的时候会唱歌。

什么歌也唱，王菲的、陈奕迅的、五月天的、玛丽亚·凯利的、艾米·怀恩豪斯的。

那时候，如果你从我身边走过，会觉得这个女人很奇怪，是不是应该拍下来发个微博？

当然我的那种唱还没到扰民的程度，我的嗓门真是只限于自己能听到而已。

重要的就是：自己能听到。

我也不清楚自己为什么要那么做，当时似乎出于一种情绪自救的下意识。

我清楚，独自一人的我绝对不能滑进自怨自艾的泥沼。我下定决心，要自己揪着自己的头发，把自己从坑里拖出来——听上去很荒谬，但我的确做到了。也许是因为那个坑还不是很深，更也许是因为我坚持了每天上班吧。

看到这里，如果你仍然想翻开这本书，那就让我先痛痛快快地承认：这可能不是一本真的让你很高兴的爱情故事书，而是一本会让你流泪的爱情故事书。

然而，如果我们还在为爱情流泪，至少证明还没有陷入真正的绝望，生活中的柴米油盐、一蔬一饭，还在滋养着我们，明天早晨闹钟响起，还要去上班，还有无穷无尽的问题要解决，有架要吵，有气要生，下班回家的路上会被路边摊上的烧烤引诱，但想到即将来临的夏天，还是回家默默地吃下一碗燕麦粥……在这样的生活里，爱情变成一种持久的憧憬，变成明亮的渴望。渴望上路、出发，期待着遇见更好的某人，慢慢走出开阔的人生，偶尔绊倒也不会长久地哭泣。爱情或有空白，但生活宛如河流从不停息。

我是以这样的方式感受生活的，不知你是如何。

我觉得，偶尔难受、悲伤、惆怅的时候，哭一哭也不是什么坏事。

不过，当我觉得某个故事要滑入完全的悲伤时，我就会努力地把音调提高一度。

如果说我的人生之中还有某些值得自豪的成分，大概就是这种像小号一般高亢活泼的性格吧。

无论前面的路有多崎岖我也会笑着走下去——这样，我又忍不住地唱了起来。

Part 1

今天等我来和我走好吗

▶ 如若一无所有，能否快乐自由

01

二十九岁那年我打定主意，要过上真正少女般无忧无虑的日子，但显然，这一点觉悟来得太迟了。还有一年就要迈入三十岁，也就是说正式开始变老，虽然这个界定没有理性基础，但仍然令我惶惶不安。我举目四顾，发现周围的人似乎都过得比我开心，哪怕是一些"条件"不如我的人都如此。这个发现令我愈加忧心忡忡，同时感到愤愤不平。

凭什么呀？其实我并不差！但我自己也知道，这个"不差"的结论其实得出得颇为勉强。事实上，不论是身高、外貌、学历、才华，还是挣钱的多少，我的水准都处在人群的中下游。每当仔细思考我自己在世界上的位置，就会想起中学时学习社会金字塔结构时那悲伤的注释：我们大部分人都生活在离地面只有一厘米的最底层。

02

当我觉得心情特别不好的时候，我会约朋友 W 出来聊天。因为她过得比我更糟糕。我认识她十年，其中八年她是一个生意人的情妇。最近两年倒不是了，因为那人离婚了，他们已经正式住在了一起。

但是，如果你认为 W 有男朋友而我没有，我在她面前就会抬不起头，那就错了！那个生意人现在还拖着不肯跟 W 结婚。生意人付出巨大的代价离了婚之后，发现自己爱的好像不是 W，而是爱情的感觉本身，也就是说他想再玩下去——这一点，我想 W 应该是心知肚明的，但她目前绝对不会承认。

最近这段时间，我和 W 聊天的内容是关于 Y，因为她的情况比我们俩的情况更糟糕。Y 的老公是一个惯性劈腿狂人，在婚前三天、婚后六个月、Y 怀孕期间、Y 生完孩子以后，出轨出得毫不厌倦。Y 却始终没有跟他离婚。"她说她舍不得孩子。"我叹口气。"其实如果不结婚，她的生活会好得多，你说呢？"W 小心翼翼地丢出一句。"当然了。"我一边赞同，一边想到，W 这句话其实是在给自己留后手。

离开咖啡馆的时候我们都觉得心情比进去时好了一些。但是晚上回到家里，我感觉还是很糟糕。因为我看到一个帖子《是什么让一个硕士毕业的党员去白云观磕头磕到两眼发黑》，原来是一个 MM 为了买房历尽周折，最后为了能赶在"国五条细则"出来之前过户，不得不搞起了封建迷信那一套。

虽然她很惨，但跟她帖子的人只有一片羡慕声。因为她有房了呀！而且还（不管怎么说）赶在"国五条"之前过到了户。虽然她因为自己的决策失误多花了钱，懊恼得觉都睡不着。在上床睡觉之前，我忽然有所感悟：比惨游戏的氛围不可能让你真的获得满足。只要是跟人比，你永远会觉得不平。

不过至少和大多数人比起来，我的睡眠还算不错。

眼前发黑的时候，我这么对自己说。

03

然而就在我决心以意志力终止攀比心理的关键时刻，另一件事让我的生活更加跌入了低谷。

W 叫我陪她去试婚纱。

也就是说她男朋友终于向她求婚了。

试婚纱那天，W 的男朋友没有出现。"他最近太忙了。"W 说，"再说我也想给他一个惊喜。"

为了不让惊喜变成惊吓，我坐在一间高档婚纱店的试装间里，看着 W 穿着各式各样的婚纱在我眼前打转。淑女的、性感的、前卫的、简洁的、奢华的、镶水钻的、镶珍珠的。

我认识了 W 十年，她从未像这天这样神采飞扬，美貌得让我嫉妒。

婚纱店的小姐也看出来了！这位女士，具有一定的品位和生活水准，而且不知出于什么原因，决意在婚纱这东西上大花一笔。她不停地重复着："一生只有一次的事情！一定要完美！您看看这套，是不是和戴安娜世纪婚礼时穿的一身很像？"

当 W 试到第二十套时，我终于受不了了，不得不发了条短信给 Y，让她给我打个电话。

"我现在不在公司……什么，必须马上去印刷厂一趟吗？"我对着电话装腔作势地喊道，同时对 W 做了个抱歉的手势。

04

从婚纱店跑出来后，我也不想再回去上班。

虽然要处理的事情已经堆满了半张桌子，但假毕竟是已经请了的。

而且，天气还不错！ PM2.5 好像被一只巨大的天空吸尘器吸走了，天空泛出宫崎骏动画片里一样的淡蓝。"去咖啡馆！"我对自己这样说。

那是我最喜欢的一家咖啡馆。不过说实话，里面的咖啡并不好喝，只是便宜罢了。店里自制的饼干虽然味道还不错，但硬度则曾经崩坏我刚刚修补好的牙齿。

可是，独自坐在这里面的下午，却是我人生中少有的、真正无忧无虑的时刻。

我说的是"独自"。但是，这一天，偏偏有人坐到了我的对面。

"你好。"

我看他一眼——不认识。

"不记得我了吗？"对方笑容可掬地问道。

"请问你是？"

"我们见过，你忘了？"看见我的确困惑的眼神，他伸出手，对着自己的脑门来了一下。

"哦……不好意思我还是想不起来。"

他咻咻地笑了。

"两年前，一个聚会上，有人撞到了玻璃墙上。"

这么说我好像是有点印象。

"是你撞到了？"

"No，No，No，"男人迭声否认，这一串 No 终于泄露了他的身份——他的中文说得比英语好。

我也忽然想起他来——日本人说英语总是怪怪的！

他是那个给撞到墙的伤者做急救的日本人。

05

"当时你有男朋友。"

"你也有女朋友。"

谈话这样展开，总带有点惆怅的味道，因为我们现在什么
都没有。

什么都没有，而且老了五岁。

日本人——他叫渡边，说自己刚从阿富汗回来。居然去了阿
富汗，可见是个资深背包客。他说，在那边曾经遇到一个女孩，
在心动之下就求了婚，但是被拒绝了，因为女孩说，旅行结束后，
她要回到自己的家乡北欧去。

"你呢，不想回到自己的家乡吗？"

他摇摇头："不想——你呢？"

我咬着吸管，仔细地思考了一番："我也不想。"

到底家乡有什么不好的呢？没有什么不好的，事实上，家乡
很美。可是，在外面飘荡久了的人就很难再回去……虽然待在异

乡很寂寞，可是，回到家乡，却愈发感觉寂寞得难以忍受。

"一起吃晚饭吗？"

"为什么？"

"为逝去的青春，为所有失去的东西。"

"这个理由不够好。"

"为了还能在这里遇见。"

"让我想想……"

这时候，电话响了起来。来自办公室的电话，"现在马上去趟印刷厂。这期封面出了问题，大事！"

在我起身之前，他拿出了手机："给我你的号码。"

"给我你的，我打给你。"

"不行。"他坚持道。

我把号码写在了餐巾纸上。

06

从印刷厂回来已经半夜十一点了。

拿出手机的时候才看到 W 给我打了 20 通电话。

我回拨过去。

"婚纱买好了吗？"在内心深处，我为自己到底是没对她撒谎而感到庆幸。

我忽然发现，其实我希望她能过得好一点——即使比我好，那也无所谓。

W 在电话那头久久地沉默着。

忽然，她哇的一声哭了。

"我和他分手了。"

"分手？"

"昨天分手的。他说不想跟我结婚，所以我才去试婚纱。太不甘心了，就想看看自己穿婚纱的样子。"那就是说最终也没买咯？我满怀同情地想起婚纱店店员的脸。

W 的哭声持续了半个小时。在这半个小时里，她什么也没说，就一直用不同的节奏、不同的音调，循环往复地哭着。我认识了她十年，是第一次见她这样哭，但奇怪的是，我并不觉得她有多么悲伤……她只是将那些早就应该释放的眼泪释放了而已。

　　所以我也没说什么安慰的话。W 哭完以后，抽噎了几声，似乎想说点什么，但终究没有说。

　　"早点睡啊。"

　　"嗯。"

　　她挂掉了电话。渡边的电话马上就打了进来。

　　"刚才你的电话一直占线。"他似乎有点紧张，"我还以为……"

　　"我没有故意不接你电话。"我疲倦地说，也懒得修饰话里的意思，"但现在不能吃晚饭了吧？"

　　"为什么不能？你家有厨房吗？"

　　"有。"

　　"电磁炉呢？"

　　"没有。"

07

半个小时以后他上了门，带着吃火锅的全套用料。

除了拎来电磁炉，还有他自己的拖鞋。

"我只是忽然想吃火锅了而已。"他说道，与此同时，将洋葱、魔芋丝、金针菇、香菇、烧豆腐、春菊、牛肉片一股脑地倒进了锅里。

"你有鸡蛋吗？"他问我。我从冰箱里摸出了最后两个。忽然想要责备他几句，但又真的不知道跟他说什么好。

"哎，你多大，今年？"

"三十三岁。"他有些困惑，"为什么问这个？"

"三十三岁，没有车没有房，没有女朋友，没有正式工作，成天在我们第三世界晃着，你不觉得亏心吗？"

"不觉得。"他摇了摇头，"在这样的晚上，能一起吃火锅，不感到幸福吗？"

幸福吗？我困惑地从锅中夹起来一块豆腐。豆腐煮了很久，咬开的时候喷射出一股滚烫的汁液，将我的上颚烫得瞬间麻木。

这是幸福的感觉吗？

我愣住了。麻木散去之后，疼痛的感觉满溢出来，并飞快地从嘴传导到眼睛。在发现自己哭了之前，我已经哭了好几分钟，而他则目瞪口呆地看着我，眼光对上的那一刻，我们忽然都明白：

事情到了这个地步，除了滚一次床单，我们没有别的方式可以体面地收场了。

08

我醒来的时候，他已经在厨房里忙活。昨晚的火锅气味充斥着鼻端。"我用火锅汤煮了点面，昨晚都没怎么吃。"他说。

应该怎样解释这件事呢？我们沉默地吃着面条。

据说日本人吃面条的时候，为了礼貌也要发出稀啦稀啦的声音——但他并没有。

"你吃面没有声音。"

"在有的地方，吃面出声音，可能会被枪杀呢。"

"真的？！"

"骗你的。"

又是一阵沉默。一起睡了一觉，又一起吃早餐，这代表什么呢……也许什么都不代表。

"我明天要去巴西……"他说，"机票已经订好了，去参加狂欢节。"

说这话的时候，他紧张地看着我。

"回来我会打你电话……你不会换号码吧？嗯？"

09

吃完面条浑身暖暖的。

早餐吃到这么好吃的面条，是很久以前的事了。所以，能吃到好吃的火锅毕竟是件幸福的事——不管这幸福来得有多晚，也不管它是多么稍纵即逝。

我和他一起下楼，一起走到街上。我要上班，而他要奔向另一个快乐的地方。他还会回来吗？我的心里忽然被一阵慌张填满，这种情形下我只能说："你不要有什么负担。"

"什么意思？"

"不要为了照顾我的感受就打电话来，或者别的什么。"慌张的感觉却越来越强烈，"我没关系，或者你这么想吧——这是另一段伟大友谊的开端。"

他笑了："《卡萨布兰卡》。"

"你知道这部电影！"

"这是我最喜欢的电影。"不知为何，他好像如释重负。

"再见了。"他对我笑道，"你想得真多，是不是？"

他笑起来的模样很帅气，几乎不像个三十三岁的人。他曾走过了世界上的很多地方，并且仍将这样一身轻松地走下去……他的肩膀潇洒，背脊挺得笔直。看着他离去的背影，我的心里莫名涌起一阵暖流。

手机响了起来，W发来一条短信："我觉得，这样的结果是件好事，你说呢？"

我回过去一条："是啊。"

想了想，又回过去一条："你还会遇到更好的人，不是吗？"

身旁的车流响着喇叭，世界嘈杂得跟往常一样。

"喂，我说你！"他在十几米外的地方忽然又转过了身。

"不要换号码！"他大声向我喊道。在城市的中心，这喊声显得格外清晰。

　　"不会！"我也大声地喊回去。

▶ 地铁里遇见基努·里维斯

迟两秒踏上地下铁能与你碰上吗?
如提前十步入电梯谁又将被错过?

01

自从看过纽约地铁里基努·里维斯给大妈让座的视频之后,我就一直在思考一个问题:就我本人而言,是在地铁里遇见基努·里维斯的概率大,还是遇见前男友的概率更大些。

我认为是前者。

电影《西雅图不眠夜》里有一句对女性具有极大恐吓效应的话:"女人过了三十岁以后,再谈恋爱的概率,比走在大街上被恐怖分子炸死的概率还要低。"

是的,我是这样想的。我在地铁里遇见基努·里维斯的概率,大于在地铁里遇见前男友的概率。

我的前男友是个地质测绘员。

工作性质决定他经常出差,而且一走就是大半年。当初怎么会跟这么个人谈上了恋爱呢?现在已经忘了原因。但抛开出差这个因素，他这个人很可爱。个子高，一八七，腿长，侧脸长得像福山雅治——正脸其实也像。这么帅的男生，女生是无法拒绝的。

但他是一个地质测绘员。上一次出差他是去内蒙古，负责一条什么铁路、什么隧道的地质素描工作。其实工作的内容他跟我讲过很多遍，但我死活记不住。

"就是，包括布孔啊，检查孔间距啊，点线布置啊……你……你有没有在听？"

"听着呢。"

"很……很重要的工作。"他严肃地说，"只……只有进行了详细的测绘，才……才能……确定隧道的选址。"

他平时说话很流畅，但是谈到自己的工作时，大概因为太过严肃，反而有些结巴。

"要去多久？"

"半……半年吧。"他沉默了一会儿，"如果顺利的话。"

"不顺利的话多久？"

"不……不好说。"

"到底多久？"

"很重要的一条铁路。"他最后说道。

那次对话以后，我和他就分手了。分手的原因，现在想起来也不是特别站得住脚。"你根本就没有为我着想！"我愤怒地喊道，"就不能不去那么远的地方？"而他则觉得很委屈，去哪里根本也不是他能决定的嘛，确实。

现在我承认，可能我并不是因为他要去那么远的地方、去不知道多久才跟他分手的。之前又不是没出差过，甚至还去过青海。没有和他在一起的日子，我也过得不赖。想不吃东西就不吃东西，慢慢把冰箱清空；每天拖地打扫卫生，趴在地上把床底也擦得锃锃闪光；隔一个月就把家里的东西"断舍离"一次，不要的衣服啊、鞋啊、小玩意儿，想捐给灾区又觉得麻烦，往往就搁在楼下的垃圾箱旁边，放下就走。

所以可能是我的问题。我这个人，有种什么致命的、根本的毛病。虽然从外表上可能看不出来，但一和我接触就能明白。跟前男友分手以后我也谈过几次恋爱，每次大概为期两个礼拜，最长一个月就无疾而终。所以没准，我最初跟他在一起，可能就是因为他经常出差的缘故。

02

下班以后，要和同事一起去参加相亲派对。

对相亲派对这种事，我一直是抱着饶有兴趣的态度参加的。从毕业起就一直积极地参与，到现在已经坚持五六年了。相亲派对里的男人，总体来说相当有趣。遇到过声称自己很爱看电影的男人，但是问他最喜欢看的是什么电影，想了半天说是《失恋三十三天》。还有的男人说自己从没看过 A 片。据我观察，公务员十分热衷于参加这种相亲派对，大概属于对日常生活的合理调剂。但是也有例外的情况。在一次限定"男方都是金融圈人士"的相亲派对中，一个大三学生却混了进来。我发现了，但没有揭穿他，他非常紧张地问我："姐姐，我们学校的女生都不喜欢我，你说是为什么？"

为什么？我也想知道是为什么……为什么今天的派对上，看我的人都那么奇怪？终于一个同事把我拉进洗手间："佳佳姐，你今天怎么了？"

"我怎么了？"我对着镜子摸摸脸，好像没有什么异常啊。

"你再仔细看看。"她把我往镜子的方向又推了推。

我仔细地看了两秒，三秒，十秒……终于发现了！

尽管从我脸上大概什么也看不出来，但同事还是同情地叹了口气："是不是最近工作太累了呢？听说去做针灸有用的。"

"没有用……"我僵着脸说，"得去医院看看了，明天能帮我请个假吗？"

"好的呀。"

"那我就先走了？"

"好的，要不要我帮你去拿包？"她体贴地说。

在门口接过了同事递过来的包，走在清凉的晚风中。然而，空气中已经有了第一丝初夏的气息，也许是因为离河水比较近的缘故，水汽蒸着树木散发出清香……对这一切，我是很敏感的。

即使目前面瘫了，好像也没什么影响。

怎么会突然变成这样？我一边下地铁一边还在想。为什么自己都没发现？工作的时候也好好的嘛……但也有可能，实际上这样已经很久了，只是平常本来就没什么表情，所以直到相亲派对才发现。

"喂，对不起，你踩我脚了。"地铁到了一站，旁边一个拽着拉环的小伙子突然对我说。

"……什么？"

"没什么，开个玩笑。你怎么都不笑？"

我盯着这个恶意的家伙看了十秒钟，慢慢想起来："你不是……"

"嗯，刚才的派对上。"他满不在乎地说，"姐姐，你今天好倒霉啊。"

"呵呵。"

"不过也没关系，反正你也没戏。"他说，"你没注意到？到场的其他女的都比你年轻。"

"什么意思？"

"就是你是……今晚的谐星啊。负责搞氛围的。居委会老大姐啊，就是这个作用。"说到这里他挠了下头，"可是你偏偏不会笑了，挺讽刺的吧？"

此时此刻，我的脸也无法做出生气的表情。可是……我也才二十九岁啊！为什么就沦落到了要成为谐星的地步？

但是对方仔细地盯着我的脸："你没生气吧？"

如果说"生气了"，会显得更像一个居委会大妈吧。所以我扭开脸，没说话。

"但是，我觉得你很可爱，坐在一边面无表情的样子。你平常也是这样吗？"

"不是。"我说，"平常表情非常丰富，胜过吴莫愁。"

"那、不、可、能。"对方斩钉截铁地说，"反正，看见你走了，我也觉得没劲了。出来追你没看到，没想到在地铁里遇见呢。"

"我要下了。"

"真巧我也是。"我狐疑地看了他一眼——好像不是在说假话。但电话号码没有给他，当然不给。

03

"女人过了三十岁之后，再谈恋爱的概率，比走在街上被恐怖分子炸死的概率还要低。"这句话，在上班的路上，蓦然袭上我的心头。

上午去看过了医生。

"面瘫的发生有时候是没有原因的。"医生对我说，"你的情况，自愈的可能性比较大。重要的是别太劳累。"

"我没有劳累啊。"

"精神压力大，可能导致面瘫的发生。总之，开点药你回去吃，可能没有什么用，但也吃不死人。两周后来复查。"

真是一个了不起的医生。

本想打车，但还是决定坐地铁回去上班。中午的时候地铁人不多。二号线现在是北京最萧条的一条线路了。但在我上大学那会儿，就只有一号线和二号线，而且二号线被称为恋爱专线。没钱去什么娱乐场所，就和男朋友一圈一圈地坐着环线地铁。那是很久以前的事——那时候我还不是什么谐星，更不是居委会大妈。

远远的另外一截车厢里，有人弹着吉他在往这边走。地铁里的广播又响了一遍"禁止乞讨、卖艺行为"，与吉他声、歌声相映成趣。那声音走到我面前的时候，我从包里拿出了一本书。结果他反而不肯走了。

"嗨。"

声音有点耳熟。

我慢慢地抬起眼睛，先看到腿，再抬，还是腿。

腿还真长啊……我心里一抖。

然而站在面前的不是前男友，而是一个腿很长的卖艺青年。我叹口气，往他帽子里扔了十块钱。

04

下班的时候，昨天给我拿包的同事非要跟我一起走。

"我真的没事。"

我对她说。

当然心里对被请去当居委会大妈这件事还是耿耿于怀，可毕竟……对方也没什么恶意，说到底。

"佳佳姐。"她一边跟我下地铁一边说，"昨天的派对上有个男的很不错呢。"

"哪个？我没看清。"

"就是个最高的那个。"她说，"可惜昨天也早走了。"

忽然双颊有一丝热辣之感，此时此刻，面瘫也是有好处的。"我真没注意啊。"我说，"喜欢你就约他呗，应该留了联系方式吧。"

"留了，其实我约了他呢。"同事说，"约在下一站的地铁口见。你也帮我看看好吗？"

"这样不好吧。"

"因为他是医生。"同事忽然很羞涩，"我给他打电话，接通了之后不知道说什么好，只好跟他说，咨询一下你的病情。"

我、的、病、情。

"所以待会儿，你请我们吃饭好吗？"同事急切地说，"钱我过后还给你！"

"现在的女孩儿对生活真是充满热情啊。"我只能这样想。

但是，对方失约了。

打来电话，说是临时和同事调班，要加班到很晚。

饭，我还是和同事一起吃的，为了安抚她失望的情绪。单是我买的，她也没再提还钱的话。

仍然要坐地铁回家。晚上九点的十号线依然拥挤不堪。然而，越是在拥挤的地方，人与人之间反而越是遥远，在地铁里跟我贴面的人群，没有一个会看出我正罹患面瘫。所以某种程度，你也可以理解为什么基努·里维斯、约翰尼·德普这样的大明星也可以混迹于地铁中。因为……地铁实在是一个你不会管你的邻座是人是狗的场所。在换乘站，我终于挤到了个位置。人群汹涌地下去，又汹涌地挤上来一波。一名男子奋力地挤到了我面前。

"嗨……嗨。"

是前男友。

而我……忽然宁愿被恐怖分子炸死，也不愿意看到他右手无名指上的那一圈白金指环了。

"你怎么……回来了？"

"和你分手以后……"

"怎么了，开始怀疑人生？"

"是……是这样。"讨论起这个严肃的话题，他又开始结巴起来，这一点不知道他的新婚妻子会不会发现，"觉得自己还是想安……安定下来。"

"所以？"

"所以申请调回了北京。画……画地铁线路的地质素描图。"他说，"这……也很……很重要。"

这时我还能说什么呢？

"祝你幸福！"我说。这时候，才打心眼里觉得面瘫是件好事。"下一站是苏州街，在苏州街下车的乘客请做好准备。"我喇一下站了起来，"我得走了，再见！"

如果当天就这样结束，那也没什么好说的。

如果你们查阅当天的网络新闻，可以发现一条"北京地铁十号线出现事故，女乘客携带违禁烟花进入并在站台燃放"！

这难道不是一件奇妙的事吗？怎么瞒过安检把烟花带进去，又怎么居然在站台上放了起来？这一切我们都无从得知。

只是那天，一出车门，我就被一道强光迷住了眼睛，噼里啪啦的，然后一个矮小的女性飞快地从我眼前跑过，几个穿保安服的在她后面追赶，就跟警察追赶冲进球场裸奔的球迷一样，注定有些滑稽。

在所有尖叫的人里，我大概是最冷静——至少是面部表情最冷静的那一个吧。那道光，还有之后遗留下来的烧焦的硝药味道，刺激着我的面部神经，我忍了半天，终于"阿嚏"，一个巨大的喷嚏冲出了鼻腔。

"能打喷嚏，是症状好转的一个表现。"背后有人说。

我惊讶地回头。

"又遇见你了。"他说，"其实，我是在这里等你的。"

"你没加班？"

"没有。"他笑了笑，"有时候，就是懒得对和自己无关的人堆起笑容。"

"这样对女孩子可不厚道呀。"

"知道你去才答应的。"他回答，"可是就要到了，又觉得毕竟不太好，在那样的场合见面。"

"什么样的场合才够好？"

"就是这样的场合啊。"他笑眯眯地说。

这是什么场合？我带着几分迷茫环顾四周。刚刚发生的一幕，就像一颗荧光弹冲上了我内心淡漠的天空，唤起了什么东西。

一个男生弹着吉他，路过我们旁边。啊，就是中午遇见的那个，因为他把那顶收钱的帽子戴在了头上。

看来他也收工了。

"你觉不觉得，刚才走过的那个男孩，好像基努·里维斯？"身边这个不着调的人问道，"在地铁里遇见基努·里维斯的概率，比起开始一段恋爱的概率，更高还是更低？"

我不知道。而那个基努·里维斯真的哼着一首英文歌，歌词我听清了一句：

"这难道不是奇妙的缘分吗？"

▶ 我的非常环保的男朋友

有过一个非常环保的男朋友。

真的非常环保。家里没有多余的东西。出门如果可以骑车就骑车。从工体到西单，半个小时就骑到了。要么就坐公车地铁，反正很少打车。

最值得一提的是，夏天不开空调。坚决不开。他说"北京的夏天也不是十分热啊"，或者"我去年没有开空调也很好"。

但是我和他谈恋爱的那个夏天，其实非常热了！有一天早晨，热醒来，身上黏糊糊的，非常难受。侧脸看他也是热得不行了的样子。

想说点什么，但热得说不出话。

忽然他说："那我们开五分钟空调吧。"

我说："好。"

他找到了遥控器，打开了空调。

空调慢慢启动，一开始没有什么感觉。我伸出手试了试空调的风，没有坏，忽然觉得很安适，松了一口气。

屋子里一点一点地凉下来。

我们平躺在床上，隔着几公分的距离，专心致志地吹着空调。皮肤上和心里的烦躁不安就像有尺子在量着，一厘米一厘米地退去了。真舒服啊，从没吹过这么舒服的空调。

　　然后，他说："五分钟到了。"

　　遥控器"嘀"地一响，我也尖叫了起来："不要关啊！"

　　"说了只开五分钟嘛。"

　　他一边这样悠悠然地回答，一边穿起了衣服。屋子失去了空调的保护，迅速变得闷热难当。而且，大概是因为启动空调的能量运动，感觉比开空调之前还更热了百分之十。

　　但是我没有对他发火，甚至连发火的想法都没有。

　　因为，这就是恋爱。

　　而且，那时候我还年轻。在他之前谈过两三个男朋友，但会一起过夜的他是第一个。并不是同居，只是在我第二天没课的时候会带着换洗衣服去他那里。说实话，一开始我根本没想到跟他的关系竟然会走到这一步。

　　甚至，连为什么会跟他谈起了恋爱也糊里糊涂。和他是在学校食堂认识的，但他并不是我们学校的学生。他只是跟我借饭卡而已。那时候和我在一起的还有另外一个女生，人比我漂亮得多，性格也活泼可爱得多，但他偏偏只跟我借饭卡——这件事，以后我每次回想起来，都会有种莫名的感动。

当时的我并不可爱。至少前男友是这么说的。现在想起来，我可以毫不迟疑地说："那就是一个外表积极向上、其实内心浅薄势利的小气鬼。"但当时，他跟我分手的时候列举的我的十几条（可能更多）缺点，可让我晕头转向了好一阵子。

世界上有非常自信的人，也有非常不自信的人，我属于后一种。不自信的人，很容易就把他人对自己的判断信以为真。而有的人，纯粹是出于恶意，也会用这样的判断来伤害你。我的前男友就是这样一个恶毒的人。"你不求上进。""你腿太短。""你没有女人味，不会打扮。""你鼻子长得好奇怪。"就是这样的分手，让二十出头的我，感觉自己的人生骤然跌到了谷底。

之前，我可是一心想要跟他结婚的。跟前男友比起来，环保男朋友显然不是一个合适的结婚对象。他没什么钱，甚至可以说，凡是世间认为结婚必备的条件，他一样都不拥有。在我们交往的那段时间里，不知为何，我有一种他随时要消失的感觉。

也许正是因为他太过环保了。一整个夏天，就两件T恤两条短裤换着穿来穿去。他还很爱干净，每天都洗衣服，黑色的T恤被洗得泛出了白色。除了绝不增加多余的东西，他也不增加多余的体重，吃得非常少，就一个男性来说简直少得过分。我唯一一次见他吃得很多，就是问我借饭卡那次，他买了水煮牛肉、宫保鸡丁、豆角烧茄子和三两米饭，吃完以后又跑过来，再次问我借了饭卡，买了一碗担担面。

"所以那次是装的吗？"我问过他，"就为了再来借一次饭卡？"

"不是啊，是真饿了。那天饿得要命，好像无论怎么吃都吃不饱，真奇怪啊。"

但是和他在一起的日子里，我反而变胖了。因为经常两个人出去吃饭，他吃不了的份，我就会敞开肚子，通通吃完。奇怪的是，对于体重的增加，我竟然毫无担忧的感觉。进一步讲，在跟他谈恋爱的时间里，变胖、变黑、甚至逃课，对我来讲都无所谓。辛辛苦苦考上了研究生，本来是为了一个更好的将来，但在那段日子里，所谓的将来，也变成一团气体般面目不清的东西，完全无关紧要起来。

"你这样下去可不行啊。"室友担心地对我说，那时候，我好像是不小心，也可能是有意地错过了普通话等级考试，也就是说，不能顺利地拿到教师资格证了。"你好好想想，你那个男朋友不怎么样啊。他到底是干什么的？他什么也不能给你啊！"

室友的话是对的。男朋友什么都没有给我。但是现在回想起来，我还是想说，他是一个很棒的男朋友。

他那时候没有什么正当的职业，好像就靠着给广告公司、网站做些零活过日子。他没有学位证，没有户口，没有房子，没有要联系的家人，没有任何多余的东西——他没有过去也没有未来。

我们在一起度过了一个春天和一个夏天。在秋天的时候，我们分手了。分手的原因我已经忘了，但那天的天气特别好。我们坐在路边吃烧烤——这有点奇怪，因为他好像是不喜欢吃烧烤的。

我们吃了很多很多的烧烤，还喝了很多啤酒。旁边的桌子人都走空了，我们还一直坐在那儿，"再来十个羊肉""再来十串脆骨""再来一份韭菜"。

而老板就跟上了发条的微笑机器人一般，不断地把这些东西放进我们面前的盘子里。

"你怎么吃得这么多？"

"想长点力气啊。"他这样回答。那个夜晚就像永不会结束一般。到了最后，我一边吃一边打起盹来，而他则"砰"的一下站起，一个箭步迈到老板身边，迅速地买了单。

"走吧。"他说，一边说一边踢起了自行车的脚蹬。这时候，他好像特别漫不经心地对我说了一句，"你是我见过的最棒的女孩子。"

"什么？"我迷迷糊糊地问。

"你啊，你是我见过的最棒的女孩子。漂亮，聪明，内心又温柔得要命。"他大声回答道。

然后他笑了起来。

在他的笑声中，我的精神也为之一振。我们蹬开自行车，向着想去的地方骑行。

说来奇怪，在那晚之前，我一直骑得比他慢，总让他停下来等我，可那次，我居然毫不费力地就能跟上他的速度。我们沿着平滑的马路一直不停地骑着，直到天边露出了淡紫色的晨曦，就好像我们从夜晚直接骑进了清晨。在那透明又温柔的光线中，他蹬车的身影是那么清瘦而灵敏，我拼命地睁大了眼睛，想把他永远记在心里。

我现在夏天也不怎么开空调。

实在热得睡不着的时候，就对自己说："开五分钟空调吧。"

然后，就是五分钟，再五分钟，直到迷迷糊糊醒来的时候，伸手摁掉遥控器。心里有一丝懊恼，又有一点隐隐的惆怅，我想起我们并排躺在床上，热得什么都不想做，而他还是那么兴高采烈，告诉我他总有一天要成为水手。

　　"所以啊。"

　　"所以什么？"

　　"所以要学会用最少的东西生存下去。"他说完，用湿乎乎的胳膊，用力搂了一下我湿乎乎的肩膀。

　　事情也正是如此：我留在了这里，而他成了水手。我是无可挽回长大了的女人（后来领取了教师资格证），而他是永远的少年，是全世界的水手。

▶ 气象战争

01

　　我遇见了一个老朋友。我已经很长时间没有见过他了，其实，我跟他一向也不是很熟，但是奇怪地，在成千上万我不熟的人中，却唯独对他有一份特别的印象，并且私心里相信，他对我应该也是如此。在吵吵嚷嚷的餐厅里，他举手对我打了一个招呼。确认我对面没人之后，他让服务员把他的菜挪了过来，坐到了我的对面。

　　"真巧啊。"我对他说，"我们有多久没见了？"

　　"五年。"他说，"五年一个月零两天。"

　　我大概表现出了吃惊的样子，他马上解释道："因为我第二天就离开了中国，所以日子记得比较清楚。"

　　"我听说你去澳大利亚了。"

　　我松了一口气。

　　他低下头，拨弄了一下盘子里的奶油烤鱼。

　　他点的饮料是青柠汽水，跟我点的一样。跟五年前点的一样。

　　"我听说，"我努力地找着话题，"你参加了一个秘密的实验。"

"也说不上什么秘密咯。"他忽然笑了起来，"只是一个气象方面的……比较大型的资料收集，这样。"

"感觉很了不起哦。"

"也没什么了不起。"他坐直了身体，我以为他要对我讲讲这个"也没什么了不起"的资料收集工作，谁知道他却说，"你还记得我们第一次见面吗？"

02

论年纪的话，这位朋友比我大很多。我刚进大学的时候，在一次大学生活动中心的联谊上见到他，那时候他已经读到博士了。我们那所大学——不说也罢！总体而言，不是很适合男生生存的环境。因为男生实在太多了。

去参加联谊，是一个学姐拉我去的。"你也体验一下众星捧月的感觉啊！"听上去非常吸引人，不过，真实的情形却令人有些失望。男生倒确实是多，也很有礼貌，会给女生买饮料，会伸手邀请女生跳舞——不过很明显，他们对自己学校的女生，也没有太大的兴趣。学姐倒是真的很受欢迎，那时候她几乎是全校最受欢迎的女生，而且毕业之后迅速跟一个家里有好几套房、父母离婚丢下一千万给他的男生结了婚——这是后话，而且跟我现在要说的事情没什么关系。

不过，在那次联谊上，是我第一次喝到鸡尾酒。学校里当然不许卖酒，因此调酒的小哥偷偷摸摸，趁人不注意，往青柠汁里"咣"地倒进一小杯金酒。一个男生给我买了一杯这种酒之后就消失了，我迅速地喝完一杯，有点头晕。

这时，我身边的一个老男人——那时候我把比自己大三岁以上的都称作老男人——说话了。

"螺丝起子。"他说，"这种酒叫螺丝起子。"

"哈？"

"虽然喝上去甜甜的，却很醉人，所以酒吧里男人请女生喝这种酒，有时候是别有用心的。"

"我倒是希望有人别有用心，可惜并没有。"

抱着一种年轻女生的无法无天态度，我近距离地打量起这个人来。很平常的长相，穿着冲锋衣，脚上是一双绿色的防水运动鞋——那鲜嫩的绿色，任何人见过一眼，恐怕也都难以忘怀。

"来联谊干吗穿成这样？"我问他。

"因为待会要下雨。"他说，"大概率要下雨。但估计下得不太大，就懒得拿伞，穿冲锋衣最合适了。"

"啊……"我忽然想到，因为之前听说过我们学校某个系男生的怪诞传闻，"你是学气象学的？"

"气象工程学，准确地说。"

当时我对气象工程学是什么完全没有概念——说实话，直到现在也没有。但是记得很清楚，他给我买了一杯不含酒精的青柠汽水。整个谈话进行得很无聊，他好像试图跟我讲解一个模型，关于"如果起了一阵风，如何证明这是从别处来的风，还是平地起了一阵风"，我则一直无聊地追问他，蝴蝶效应是不是真的。

"怎么说，理论上……但是影响天气的因素太多太复杂了，没办法证明的。"

"那我昨天看到网上讲美国在对我们进行气象战……"

"没有，绝对没有这回事。"他坚决否认道，"什么气象战争，完全是扯淡。绝对不可能。"

03

从那以后，我们就常在校园里偶遇。现在想起来，他当时应该是在做出国的准备工作，因此整个人显得有些忧心忡忡。我会主动跟他打招呼，而他一脸疲倦地回应。如果是在食堂里遇见，我们就一起吃饭。

"你吃的东西太怪了。"我对他说。

"我在练习，练习吃鱼。"这是他的回答。

的确，他的餐盘里每次都会有鱼。说真的，我也挺爱吃鱼，但绝对不是这种——稀糊烂的鱼肉，看上去没有任何味道，配上大量的绿色蔬菜叶子。如此难以下咽的饭菜，他却每次都吃得干干净净。

"你吃的这是什么啊？我在窗口都没看到。"

"被人买完了吧。"他忧伤地这么说道。

那段时间，怎么说，其实是非常时期。一个很大型的国际活动在本市举办，也有一个工作组默默地入驻了我们学校。

对于普通学生而言，我们除了抱怨进出校门都要查出入证之外，其实没有太大的感觉。总体来说，那是一个令人愉快的夏季，在人生中已度过的夏季中无可比拟，以后也不曾再出现过。首先，天气好得惊人。既没有特别炎热，也没有特别明亮刺眼，天空呈现出一种沁人心脾的蓝色。在下午向晚的那一时三刻，总会下起一场小雨，空气便显得格外凉爽。那段时间我们惊叹，雨水总是这样恰到好处地到来。在一天的气温开始下降时来临，淅淅沥沥地下过半小时不到便停止。整个校园仿佛被冲刷一新，雨水蒸腾的热气消失在夜晚的风里，国槐的清香扑入我们的鼻孔。

对我来说，唯一的不便，就是下雨的时间正好赶上我上完选修课回宿舍的时间。

那门课一周有三节，都是下午的最后一节小课；每一次去上课，我都出于一种"今天不会再下雨吧"的侥幸心理而不带伞，但雨每一次都会准确无误地下起来。

每次回宿舍都会被淋湿，这种经历当然不算愉快。因此就在一天吃饭的时候无意中跟他说起了。

"你选修的什么课啊？"

"《托尔斯泰思想研究》。"

"我们学校还有这种课？"他大吃一惊。

"当然有。"

"有意思吗？"

"特别有意思。"我赌气般说。其实我已经上得很不耐烦，甚至想当初为什么要选那门课呢？——并不清楚。

但我记得很清楚，那是我和"气象战争"学长的最后一次见面。

如果不算上现在这次的话。

04

"我们本来约好要一起去吃烤鱼的。"他忽然说。

"是吗？呵呵。"

我想假装已经忘记这回事，却没想到他主动提了起来。是的，当时约他去吃烤鱼来着。看他一直吃着那些烂糊糊的鱼肉实在受不了，正好那时候学校后门刚刚开了一间烤鱼馆。

那时候烤鱼刚刚兴起，还很贵，烤一个江团加上配菜，两百多块钱，对学生来说也是不小的开支。拿到做家教的钱之后，我就想请他吃一顿烤鱼，大概是看着他年纪那么大还吃得那么差，实在太可怜了。

至于后来没吃成的原因……我仰着头想了一阵，忽然锥心刺骨地羞愧起来。

"你托尔斯泰思想研究得怎么样了？"

"别提啦。"

那门课的后半学期我全都翘掉了，原因很简单——我恋爱了。

就是那个买了一杯螺丝起子给我又消失的男生。他忽然又出现了，来找我的时候说那天舞会上丢下我走了，真对不起。"但是，是有很紧急的事。"随后他神神秘秘地皱起了眉头，问我能不能借他五百块钱。

"借五百块钱做什么？"

"那个，前女友……"

之后我了解到男生跟你借五百块一般就是要给女友去堕胎，这个价位不知何故多年来都没有变过。但是，因为这个话题，我却不知不觉跟他多聊了起来。为什么要跟我借钱？因为你是我见过的最善良、最能包容别人的女孩。当时不知道怎么就相信了这些话，而且觉得是另类、甜蜜的情话。在他赌咒发誓是前女友甩了他之后，我就跟他谈起了昏头昏脑的恋爱。

这段恋爱并没有让我躺到无痛人流的手术床上去，但让我缺考了那门选修课。更惨的是，大四那年，学校忽然变更了毕业规定，不管是选修课还是必修课，只要缺考一律不予毕业。

然而……现在回忆起这些鸡飞狗跳的事，让我羞愧的既不是自己的愚蠢，也毫无讨伐渣男的心情。

我只是突然发现，我已经忘记了那个男生的名字。

是的，给我带来初恋的懵懂和狂热、又迅速带给我被劈腿的痛苦、最后让我在不甘的心情里一下瘦了六斤的男生，我居然已经完全忘记了他。

捧着脑袋想了半天，连他的姓都想不起来。

留在记忆中的、随着时间的流逝甚至越来越清晰的，却是那个夏天的雨。

之所以留下如此深刻的记忆，是因为，那些如约而至的雨水，从某一天开始，奇迹般地推迟了。

有时我怀疑，整个学校是不是只有我们"托尔斯泰思想研究"班上的四个学生，注意到了这件不可思议的事。原本在我们走出教学楼的时候就落下的雨，在某一天忽然姗姗来迟，直到我们走回宿舍以后才渐渐沥沥地下起来。

　　一周三节课都是如此——事实上，当我特别留意起这件事后，便发现是每天下雨的时间都推迟了。推迟的时间，不多不少，十五分钟。恰好是在我们这狭小的校园里，从教学主楼走回女生宿舍的时间。这点微弱的时间改变，大多数人难以觉察。当我发现了这一点之后，便固执地将它变成了我的专属秘密。更进一步地，我把它想象成是命运对我独自一人的垂青。那一年，刚上大一的我站在宿舍的窗前，听见第一滴雨水滑落到窗边槐树的叶子上，闻到随之蒸腾起第一缕来自植物和尘土混合的香气，莫名而生一种由衷的感激之情。感激我在这里，感激我如此年轻，生命中还有很多时间可以浪掷，还有足够的体力，可以去体验各种各样荒诞不经的故事……

　　那是大一女生特有的人生憧憬，仅仅在那一年发挥效力，之后就不知所终。

　　就像那些神秘的雨水，说不清它们是在什么时候消失的，是在夏天结束之前还是之后，但就是那样消失了。

05

"你还是很爱吃鱼喔。"我对他说,"要不改天一起去吃烤鱼?把那顿补上。"

"不,不用了。"他说,"其实我发誓这是我这辈子最后一次吃鱼来着。"

"为什么?"

"因为我讨厌吃鱼。"

"那你……"我想起了他餐盘里那些可怜的鱼肉。

"是……是这样的。"他说,忽然好像在揭秘一件重大事情,"那时候我都不是在食堂里打饭,是端了饭跑去食堂吃的。那时候学校里来了个工作组,你记得吧?"

我记得。但是,那一刻我完全被他话里透露出的另一个信息给惊呆了。

但是算了,还是不要装了……难道那时候我猜不出,他是特意来见我的吗?我完全都清楚,只是出于一种小女生的狡黠,在他面前装天真而已。

"那是一个关于气象工程的工作组。"他说。

"哈?"

"不能说太多。总之……那时候要练习吃鱼,因为接下来要去南极……"

"不是去了澳大利亚吗?"

"国别上属于澳大利亚,但是地理位置更靠近南极,一个孤岛。"他说,"除了偶尔受不了会轮换到别的地方,加起来,大概过了三年企鹅一样的生活。"

"去那种地方干什么?"

"收……收集数据。"他一如既往地耐心地解释道,"那个岛很特殊。因为我们一般来讲,气象,或者说天气,会受到多种因素的影响,所以天气预报七十二小时以上就不可能做到准确。"

"嗯,我记得,我还记得你讲过,气象战争是不可能的。"

"那个吧……"他忽然有些犹豫地说,"也不是那么不可能的。大部分情况下不可能,但是我们工作组……"

我忽然感到全身震动了一下,好像有一个更重大的秘密要在眼前揭开。

"不说工作组了，说那个岛吧。"他说，"那个岛，因为特殊的地理位置，就气象而言，受到的影响十分单纯，几乎只受到大气、洋流的影响。"

"所以？"

"所以，它就相当于一个原始的模型，可以在那儿很方便地做一些模拟……人工操纵天气能不能做到？除了人工降雨这种最初级的……"

"所以当年那个工作组是做什么的？"我打断他。

其实当年就有传言，那个工作组进驻我们学校，可能并不是表面所说的，是为了维护国际活动的安全。就因为我们学校位于市中心，跟场馆什么的都很近？现在想起来，这种理由根本站不住脚。

神秘的工作组。那个夏天，在那个国际活动举办期间，诡异的好天气。

然后，这个工作组去了南极，在一个孤立于太平洋中心的小岛上，像企鹅一样生活了五年。

"我说给你听你也不会懂啦。"他忽然这么说，这是他第一次对我流露出这样的情绪，"我们是完全不一样的人。"

我没有说话。

"真的,在岛上的那种环境里,我有很多时间可以想这件事。"他说,"我,气象工程,你,托尔斯泰思想研究。我因为怕下雨总是穿冲锋衣出门,你就算预料到会下雨,都不带伞。"

"可我们都喝青柠汽水啊。"我反驳他。

"你喝的是螺丝起子。"

我还没来得及争辩,他就拿起我手边的饮料喝了一口。的的确确,是加了金酒的青柠汁——也就是螺丝起子。

之所以大中午的就喝起了酒,是因为……不说也罢。

我把他面前的青柠汽水拿了过来。交换了饮料之后,两个人都沉默无言。

"你怎么会到这边来?"过了好久,我问,"难道这边又有一个工作组吗?"

"没……没有。"他忽然笑起来,这笑容令我觉得大有深意,"你呢?"

"我就住在这附近啊。"我说,"前面马路,过了天桥,从小巷走进去的那个小区就是。"

"一个人住吗?"

这个问题实在问得有些冒犯了。我低头，看见了他的脚——穿着绿色防水运动鞋，那种鲜嫩的绿色，见过一次，就很难忘记。

"一个人住。"我说，"嗯，本来打算结婚的，但是……"

本来是打算结婚的，但是，要结婚的那个人却在婚前劈腿了。不知道为什么，就像命中注定的乌云一般，无论是在大学期间，还是毕业以后，我总是跟莫名其妙的人谈起恋爱。到后来我也知道那样的人，那些漂亮、甜言蜜语、像晴天一样闪闪发光的人并不适合我……可是每一次，就像预先闭紧了眼睛一样，最后还是放任自己掉进那样的陷阱里去。

莫非我受过什么诅咒不成？

以前从没有过这样的想法，在这一刻却忽然冒了上来。

我想起了那年夏天的雨，那些像打过招呼一般，推迟了十五分钟降下的雨。

"就是说，你们的研究，是关于小区域里人工操纵天气，也就是说，小型的气象战争咯？"我问他。

"你这么说有点过于简单，不过……"

他的话突然被人打断。

06

"王晶晶，嫁给我吧！"那个人跪在我面前说。

"你……你……你这是玩的哪一出？"我看着他，目瞪口呆。

刚刚，就在刚刚，劈腿以后扬言要以死明志的未婚夫，突然像个雨后的蘑菇一样，从不知道什么地方冒了出来。

"晶晶，嫁给我！嫁给我！"他砰地弹开了一个戒指盒，"我不能失去你，你是我这一生最爱的女人！"

"你……你……你先起来！"我气急败坏地说。

这时候环顾四周，五年没见的气象工程学长，不知什么时候已经消失了。

07

我最后还是结婚了——才怪。

那个人在进行了一场精彩的求婚以后，又不出意料地消失了。

只是这一次他的消失，甚至连遗憾的感觉都没有带给我。对他的恨意就像夏天午后的一场小雨，还没彻底落地就已经干掉。如果非要说有什么感觉，那也只是一阵难以言表，但尚可以忍受的烦闷。

我再也不会在午饭的时候喝什么鸡尾酒了。因为我怀疑，那天，气象工程学长的出现，只是我的一种幻觉。

我当然会想起他——因为，在那幻觉之后我意识到，自己曾经为他突然的消失那样耿耿于怀。

宿舍的人曾经跟我说，他有一次来找我，正好我跟那个借了我五百块的男生出去约会了——这种添油加醋的话，她们说起来熟极而流，我根本懒得当真。

如果能再次见到他就好了。

如果能再次见到他，一定要好好地谈一谈那年夏天的雨。那些可疑而温柔的雨，究竟是出于什么原因，不迟不早地降落在——这么说，降落在以我们学校为中心的一块小小的区域？又因为什么改变了既定的时间表？后者，是因为我吗？这么说或许有些狂妄，然而，深信自己被爱的人就是狂妄的，相信自己的一句话、一个表情，就可在他人的心里掀起一场暴风雨——爱就是一种确凿无疑的蝴蝶效应。

　　只是他再也没有出现过。

　　就像发誓再也不吃鱼一样，我怀疑他这样的人，一旦做过什么决定就不会改变，那一天，可能也是决定最后一次见我。

　　为什么呢？我并不是说为什么不再见我，而是说，何以一开始对我如此钟情？

　　"因为你是我见过的最善良、最能包容别人的女孩。"

　　应该相信这句话吗？即使出自一个连名字也想不起来的人之口？善良，善良而轻佻，愚蠢又多情。也许我曾经有机会面对一份沉默、温厚的感情，但是，我好像自己故意张开五指让沙子滑落一般，轻易地将它放弃了。

　　不过，仍然是有收获的。

就是我曾经对他说："如果每一个夏天都能多下雨就好了，因为我最怕热了。"

"是吗？"当时他微笑着说，"那可……那可不容易呢。"

然而，今年夏天就很多雨。几乎每天都会下一场。在下午五六点的时候下起来，一小时左右，即刻停止。

我注意到这些雨是因为，它们总是在我下班的时候落下。当我下了公车，走过天桥奔向小区的时候，雨会下到最大，到家的时候，我正正好好地被淋成一只落汤鸡。

可是，我每天还是习惯性地不带伞。"今天总不会再下雨啦。"尽管一再被教训，却总是改不了产生这样的念头。

所以下一次恋爱，可能还是会有一个戏剧性的结局……这就是我的人生吧！

不过，与之前有所不同的是，当雨点再一次落到身上的时候，我就会想起他来。

带着怀念，带着遗憾，就好像看到他那张沉闷、诚实又多少带着点讥诮的脸。对我而言，他意味着什么呢？尽管不如意却也不想改变的生活，尽管放在心里却决定不再去碰触的爱人……而且，怀着一种莫名的自信，我确信我对他来说也是如此。我想起来，我们之间曾经有过一段无足轻重的对话。"你不是喜欢下雨吗？为什么老不带雨伞？""因为我总觉得，凡是我衷心期待的好事，就一定不会发生。"

"是吗？"他没有再说话，久久地沉吟起来。天色渐渐暗下，我莫名地觉得，他的橙色冲锋衣、绿色运动鞋，会在黑暗中更加醒目，就好像信号弹或者灯塔一样耀眼。我们当时坐在食堂外面的一张椅子上，不远处就是学生会的布告墙，年轻人熙熙攘攘，我们所处的这一角却有种宁静的感觉。

就像那个不受任何因素影响的孤岛一般宁静……现在我这样想。如果那时也问他，为什么不下雨的日子也要穿上冲锋衣，他会怎么回答？

但是，我却很庆幸自己最终没有问出那一句。就如同我很庆幸，当时也许会发生什么，但最终一切都没有发生。

不存在什么气象战争……就像不存在完美的爱情。

然而，如果干扰的因素减到最少呢？

真正完美的爱情只有一种，就是未曾真正发生的爱情。

其完美程度就像那个夏天定时落下的雨。

▶ 我男友有抑郁症

01

我男朋友有抑郁症。

我也有。

事实上，我们就是在安定医院就诊的时候认识的。安定医院，是国内一家能治疗抑郁症的正规医院，但是在那儿看病的过程，却往往能加深你的抑郁。根据医嘱，我每两周要去医院一次。不知为什么，每一次去都能碰见一个精神病大妈，大概是迫害妄想症那一款，只要稍微蹭到一点她的裤腿，马上就会嚷嚷起来，问我是不是想害她。

这个时候只能咬紧牙关沉默不语，直到医生把我叫进诊室。

男朋友应该也是这个感觉，我没有问他。作为抑郁症患者，很多时候都能心灵相通。

其实，在确认罹患抑郁症以后，我曾经严肃思考过，自己是不是不应该再谈恋爱了，否则会对别人造成伤害。但是遇到他以后，"反正对方也是抑郁症啊"，这样一想，道德上的负疚感就无影无踪了。

男朋友是不是也这样想？我没有去问，因为真实的答案也许是很伤人的。

我男朋友长得很帅。如果不帅，我大概也不会跟他谈恋爱。抑郁症，究其本质，并不是痛苦，而是对世界上的一切缺乏兴趣，到最后，它让人连起床的动力都失去，只能躺在原地，慢慢死去。

人为什么得上抑郁症？是否有一个触发的点？很多人都觉得我是因为上一次失恋才抑郁起来的，只有我自己知道，并不是这样。

回顾自己的人生，我觉得算不上特别幸运，但也并没有不幸。出生在一个既不富裕也不贫穷的家庭，脑子不笨也不算特别聪明，在考上大学以前，也没有什么青春叛逆期。大学时期，跟既不寒碜也不是富二代的男生谈过一场恋爱。两人上床是在大四那年，上完床之后不久就分手了——意料之中的事。

在我的人生中也曾经有过绮梦。但是，随着生活，更准确地说，是随着时间的流逝，这些五彩斑斓的幻想都渐渐褪去了颜色。大学毕业以后我又谈过几次恋爱，每一次恋爱结束，都满怀信心地觉得自己下一次能找到更好的，但是这种信心也在不知不觉中消失了。上一次恋爱是在结婚前夕被劈腿分手，人人都觉得我深受打击，其实根本没有。

那个男人虽然各方面条件都不错，但却是个无法挽救的光头。跟他分手以后，我简直如释重负。如果抛开抑郁症的因素，现在的男朋友，应该是我交过的男朋友里最好的。

最最好的。

单是他的那一张脸，就足以让我心醉神迷。

比吴彦祖帅，比金城武帅，那种帅可能难以用语言形容。谈了恋爱以后，我们有一次窝在家里看片，看《佐罗》，我对着电视喊了出来："原来你长得像阿兰·德龙！"

"是吗？"他缓缓地转过头，好像在对我的无聊表示愤怒。

他的病情可能比我严重，我没有去问医生（问了也不会告诉我），但我能感觉得到。

我是单向抑郁，而他的症状更像是双向情感障碍，因为他会有一些莫名其妙容光焕发的时刻，那种时刻，他就像一个明星般熠熠生辉。

我们一起去参加朋友聚会，他会在上面打鼓、唱歌，英文说得跟母语一样棒。在那次聚会之后，有好几个女性对我男朋友产生了爱慕之情，其中还有一个是长得真正漂亮的。但是，当我们沉默地穿过弯曲的胡同，走在回家的路上，我能感觉到他的情绪，不，是他整个人，都在微微地发着抖，对我的每一句问话，都冷冷地回一句："随便你。"

这时候我就知道，他还是我的男朋友，既不用担心别人爱上他，也不用担心他爱上别人，或许他也并不爱我，但这也不是他的错。

在去正式就医之前，我自己查过很多关于抑郁症的资料。据说，导致抑郁的原因，是缺乏三种神经递质：多巴胺、血清素、内啡肽。

这三种神经递质，需要的时候就分泌，不需要的时候就不分泌。恋爱的时候，大脑会分泌大量的多巴胺。多晒太阳使人分泌血清素。慢跑促进分泌内啡肽。

是什么时候，我的身体提示，我不再需要这三种物质了呢？它们是在某一天，突然决定默默地从我血液里消失的吗？我辞掉工作，拉起窗帘，在房间里躺了有半个月。这半个月里我唯一的生命活动就是打电话叫外卖，而且连外卖餐盒都不出去扔。每一天早晨起来的时候我都想，今天一定要上网挂号了，但是，号挂了两次，都白白错过了。我看手机新闻说，北京市已经开始推行个人信用体系，预约挂号爽约两次，就取消全年的预约权。于是我几乎怀着恶作剧的心理挂了第三次。

没想到，这一次还是成功了。

莫非计算机系统出了问题？还是我之前以为自己挂了号，但其实只是做梦？第二天天气很差，刮着大风，我用一块很厚的围巾把头层层包住，终于出了门。

医生对我说："没关系，每一个抑郁症患者，都会经过很多次的反复和爽约，才会最终来就医的。"

我问他："所有人都会最后来吗？"

他说："出现在我面前，就是你自我治疗的第一步。"

测试的结果，我的抑郁程度是中到重度。医生说，像我这样受过良好教育的年轻人，只要坚持吃药，坚持复诊，坚持一定量的运动和规律的作息，好转的可能性很大。

"只能好转，不能痊愈，是吗？"我问。

医生思索了几秒。最后他这样说：

"俗话说，人生识字忧患始。抑郁情绪，是我们终其一生都要与之做伴的。但是，健康的人，只要生活中有了有益的变化，或者自己做一些有益的事情来调节，就能暂时性地摆脱这种情绪的控制。这就是我对抑郁症的理解。"

医生给我开了足量的药。"早晨吃一次，晚上吃一次。吃完之后，情绪可能会短暂地过度兴奋。这种情况很正常，千万不要因为恐慌就停药。两个星期之后请来复诊，我会根据情况调整你的药量。"

走出诊室，我凝神看了看四周。周围的人并不全是抑郁症，狂躁的、精神分裂的、看上去像痴呆的人，让我既觉得恐怖，又有一种劫后余生的幸运之感。

这时候有人问我："一起去吃饭吗？"

这个人就是我的男朋友。

他对我说，他就是我医生的上一个病人，也就是说，他出诊室的时候我就跟他打了照面，但是，我却对这件事毫无印象。

"我刚才看到你，就决定坐在这儿等你出来。"他这样对我说，然后，对我展露了一个我今生都难以忘怀的笑容。

他长得很帅，是我见过最帅的人，这一点不假。然而，那个笑容超越了他的帅。那个笑容甚至能让人完全忘了他的长相，只记得那个笑容本身。春风真暖，天空真蓝，湖水真清澈，那个笑容就是类似于这样绝对的东西。就像电流通过脊椎，骨头噼啪作响。在那之前我查过的资料里有说过，抑郁症患者所缺乏的三种神经递质，也正是激发爱情和情欲的材料。

换句话说，也就是一个严重的抑郁症患者根本无法感受到爱情，也不想跟人发生肉体关系。

但是，在看到男朋友笑容的那一瞬，爱情、性欲，就像灰堆底下的火星，在我脑子里扑地一闪。

虽然是如许微弱的，但依然是决定性的闪光。

02

认识的第一天我们去吃了牛排。夹着血丝的肉一块块从喉咙滑落到胃袋里，我们一边打嗝，一边灌下有着强烈单宁味道的红酒。

认识的第二天，在他的房间醒来。

认识的第三天，他搬来了我家。

认识的第四天，我们一起出门慢跑。

第五天，吵架。

第六天，一起去买烤箱。

认识的第二周，因为他不愿意去医院复诊，我跟他说了分手。但是，当我打了出租车赶到医院的时候，却发现他也跟着来了。看完病，又一起去吃了希腊菜。抑郁症这个病最好的一点，就是不用禁忌饮食。我们从拌了大蒜的酸奶里捞出小黄瓜，咬得咯吱作响。

心情高涨的时候也是有的，那时候我们就在墙上挂满即时贴，提醒彼此要做的事。

要做的事情包括：早睡早起。吃早饭（自己做或买）。天气好的时候出去慢跑。每天洗澡。找新工作。给朋友打电话。按时吃药。开发新菜品（包括甜点）。学习一门新的课程。去欢乐谷玩过山车。

不能做的事包括：晚睡（即便没有洗澡也要按时睡觉）。不吃药。连续上网超过2小时。不吃饭。暴饮暴食。发脾气。躺着不动。

认识三个月，要做的事几乎没有一件完成，所有不能做的事都被我们做了一个遍。

首当其冲的就是找工作。这倒也罢了，因为复杂的人际关系对抑郁症可能很不利。我原先的工作是一家日报的美编，每天下午两点上班，晚上十点多还不能下班，过着几乎昼夜颠倒的生活。辞职以后，靠着做做设计，收入也还过得去。但男朋友从来不说他是做什么工作的。"也是设计师。"他这么说，但我从来没信过。我总疑心他其实以前是个演员，但不停地刷娱乐版，也看不到他的照片。

吃早饭，坚持了一个星期。那一个星期里我们也会把牛奶倒进麦片里，用微波炉加热，用吐司机加工超市里买的面包片，抹上黄油，把水果切成一块一块放进小碗里。但是，这种努力很快就烟消云散。这也无可厚非，因为有时候晚上为了赶稿会熬夜到三四点，胃口当然会变得很糟糕，别说早饭，一日三餐都打乱了。

不吃药的原因是我们都对药有莫名其妙的抵触情绪，总觉得吃这种药会伤害大脑。

最大的危机则总是出现在要去复诊之前，两人之间会爆发惯例性的激烈争吵。

虽然第一次嚷嚷着不去看病的是他，但是，最后真正不去看的人却是我。

不去看病的理由就是赶稿。我答应了出版社下午四点前给封面，而如果我在下午两点去看病，肯定做不到。

"为什么不能跟人家说明情况啊！晚交一会儿会死吗！"

"我不能拖稿。"

"你傻 × 吧。哪有设计师不拖稿的？"

"我不拖。"

"你是故意的，你就是故意的。"他恍然大悟，"你故意跟人家说今天交稿，其实就是不想去复诊。"

走的时候他用力地摔门。几乎在门关上的那一刹，我就号啕大哭起来。一边哭，一边移动着手里的鼠标。

我不能拖稿。我不能拖稿。这一点，我心里比谁都清楚。交稿线，就好像是一条连接着我跟外部世界的脆弱的丝线，如果这根线断了，那就——

"砰"，一切都完了。

但是，我还是没在四点之前做好稿子。出版社的编辑很友善，在那头一直等。他还不知道(但也可能已经知道)我有抑郁症的事。

最后他问我："你是不是太累了？好像没什么感觉。"

我说："不累，而且我觉得这一版已经非常好了，我不知道你要的感觉是什么。"

"要不，你先休息一下，明天我们继续？"

我还没来得及反对，他的头像一下就黑掉了。我呆了一秒，开始疯狂地往对话框里敲字。这辈子我可能也没有骂过那么多粗话，但是当时我觉得骂的这一切还不够。如果骂人话跟台风一样分级别，那些话绝对超出十四级，已经掀起数十米的海啸，所到之处无人生还。

对方毫无反应。

我张大嘴看着屏幕，突然一下悲伤透顶。想把那些话收回来也已经迟了。在对话框里敲下"对不起刚才我心情不好"，又默默删掉，因为这样看起来会更像一个神经病。

我完了，我真的已经完了。心里的那根线，我原本小心守护着的那根线，不是断了，而是消失得无影无踪。哭也哭不出来，我走上阳台。我们住的是一座很老的居民楼，房东没有封阳台。站在那块小小的、凸出的空间上，我能闻到一种奇异的气味，好像什么东西烧焦的气味。

我把半个身子探出阳台，想要寻找这种气味的来源。这时候，电话响了。

是男朋友打来的电话。

"你看到了吗，晚霞？"电话那边，他心平气和地说。

在他说过之后，我才看到了晚霞，虽然我其实早已站在晚霞里。刚才闻到的那种烧焦的气味，就好像被太阳晒过了头的棉布衣服，缓缓地包围着我。这是晚霞的气味，是我一生中从没看到过的最盛大的晚霞。跟之前二十多年中那些虚头巴脑的晚霞全然不同，这一片晚霞就像是从地底升起来的火焰，从地与天的交界之处一直燃烧到最远的天边，在这霞光的照耀之下，整个世界都好像摇摇欲坠了一般。

现在，我就站在这样的晚霞里，拿着手机，扯着喉咙问男朋友："你现在在哪里？"

"我在回家的路上。"他说，"就在小区南边第一个，不，第二个十字路口。"

他的声音很平静，好像他从出生就一直待在那里，而且今后也还会一直留在那里一样。"请你在那里等着我。请你一定要等着我。"我啜泣起来。没有等他回答我就冲下了楼梯。一路上我跑得非常快，一刻也不敢停。当我找到他的时候，他正悠悠闲闲地站在红绿灯下。

"你跑这么快干什么？我就在这里等你呀。"他对我说，并且微笑了起来。

03

出版社的编辑约我见面，说是因为最后定稿的封面很好，要跟我道谢。

要推托的话可以有一千个理由。但是，因为之前跟他说了那么过分的话，所以挣扎了很久还是赴约了。

我比约定的时间足足晚了一个小时，他也没相信我"出门之前发现水管爆了"的鬼话，而是直截了当地问我："你是不是病了？"

我呆住了。

"是抑郁症吗？有去看医生吗？"在得到了我肯定的答复之后，他问了我一个出乎意料的问题："你今年多大来着？"

"二十九。"

"都难免啊。"他说，"人到了年纪，总有这样一个点，我也有过。"

"你也得过抑郁症？"

"那倒没有,不过也可以说差一点。"他挠了一下头,"三十岁那年,有大半年时间,整个人都非常阴郁的。那年做的书都卖得一塌糊涂,每天都在怀疑自己是不是选错了行,妈的进了一个夕阳产业,这辈子是不是已经完了。"

他说这番话的时候显得非常轻松。因为众所周知,他已经度过了那段岁月,接连策划了两本销量超过一百万的书,在业界简直红得发紫。

所以,我没说话。

他接着说:"不过我可没想到你会得抑郁症。"

"为什么?"

"因为差不多你是我见过的最阳光的人吧。"

"怎么可能。要不就是我装得太像了。"

"不,这种事情怎么可能装呢,我又不是毛头小伙子。这么说吧,你那种阳光不是性格活泼,而是你很在意别人的想法……"

"所以才得病的呀!"

"不是不是,我想想应该怎么说呢……是这样,你给我的感觉,就是你总是发自内心地想要去温暖别人,发自内心地去理解别人,而不是出于什么目的。像你这样的人是很少的。"

我不知道，他把我叫出来是不是就是为了对我说这些话。在我看来这多少有些莫名其妙，甚至还有点暧昧。果然，分手之前，他像忽然想起似的，问我现在的感情状况。

　　"现在有男朋友。"

　　"哦？"他做出一副稍有点过分的好奇姿态，"是什么样的人啊？帅吗？"

　　"帅。"我说，想了一下又加上，"他也有抑郁症，好像比我还严重。"

　　来不及欣赏对方瞠目结舌的表情，我就拦到了一辆出租车。怀着点报复性的恶意，我在出租车上笑得乐不可支。

04

　　其实，我多多少少算撒了谎。

　　因为，在看完晚霞的那一天，我和男朋友就约定分手了。

　　那一天，我们在洒满晚霞的街道上并肩走了很久，手牵着手一起去了菜市场。

傍晚时的菜市场挤满了下班回来的人们，就像童年的清晨一样热闹。菜市场里的东西一点也没减少。红色的西红柿，紫色和绿色的茄子，绿色的芥蓝，红色和黄色的辣椒。圆的、扁的南瓜，长的豆角，豆芽水淋淋地堆在筐子里。各种肉，肥厚的排骨，钩子上挂着一条羊腿。鸡蛋在盆里挤得像要涌出来，活鱼有五六种，还有一些我都叫不上名字来的贝壳什么的，路过的时候，居然挤出水柱来喷了我一脸。

　　我们买了很多菜，两个人齐心合力地做好了。番茄鱼汤里撒上切碎的迷迭香，排骨炸得脆酥酥的，豆腐煎到一面变成金黄色，跟小葱肉末做了半汤，泡米饭最好吃。鸡蛋炒韭菜，有一点点炒过头的时候最棒，小土豆，在烤箱里整个烤熟了，蘸炼乳吃。我们吃到再也吃不动了，就往床上一躺。在微热的晚风中，两个人身上都是汗的气味，食物的气味，抱紧的时候，闻到的是活着的气味。

　　活着真好。

　　"你自杀过吗？"他忽然这么问我。

　　"没有……"我一边回答，一边想着下午走上阳台的时刻。这时候为了赶走这种想法，又更大声地说了一次："没有。"

"我自杀过三次。"

这是我们第一次面对面地谈起病情。

但是，我没有问他"为什么"，因为这一切是没有为什么的。为什么我会得病？为什么我这么倒霉？为什么我的生活会变成现在这样？这个问题，似乎就跟"你为什么爱我"一样，其实永远没有答案可言。

但是，我还是问了："那天……为什么要在诊室外面等我？为什么是我？"

他想了想。

"那天我看病的情况很不好，已经治疗很久了还没有效果。走出来的时候，我又想死了，这时候我知道，非要找一个人拖住我不可。我当时根本没有力气走出去，旁边的人又都那么不正常。"

我点点头。这是实话，他没有对我撒谎。

"但是……"

"别说了。"

"但是"之后，无非就是那样的话。跟你在一起之后，发现你是一个好人，然后慢慢地开始喜欢你。这样的话，虽然非常善良，但是又有什么意义呢？

"分手吧。"我说，"都去找一个正常人，或者独身，不要再继续沉溺下去了。"

他说："好。"

几乎在他话音刚落时，我马上就睡着了。我是被他的哭声吵醒的。醒来时，他一只手绕着我的肩膀，一只手放在我的肚子上，头埋在我的颈窝，细声地哭着。但那并不是悲伤的哭泣，而是像达成了某种谅解……这一点我知道，因为抑郁症患者总是能这样心灵相通。他哭了很长时间，就像下了一场绵长的雨。在他的哭声里，我却感到自己一点一点变得坚强起来。

第二天早晨，他走了。发现他消失之时，我几乎从床上一跃而起。昨晚吃过的碗盘已经刷干净，厨房被清理得闪闪发光。打开冰箱，还有昨天买的青菜和鸡蛋，我做了一碗面条，吃完以后打开了电脑。

打开设计软件的时候，蹦出来一个新的文件。一开始我吓了一跳，还以为保存出错了。但是图案慢慢浮现的时候，才发现这并不是我做的……而是一个全新的封面。原来他真的是设计师啊，而且看上去比我厉害得多。坐在电脑前，我慢慢地、无声地笑了起来。

05

现在，我已经痊愈了。

即使理论上不可能痊愈，但是，医生告诉我，不用去复诊，也不需要再吃药了。

"你觉得自己有了什么改变吗？"医生问我。他其实很少跟我说这样不着边际的话。大概是因为，我们就要分别了吧。

"我……变得不那么讨厌抑郁症了。"

这是真心话。

如果没有得抑郁症，我可能永远不会认识男朋友，仅仅这一点，就让我满怀感激。

现在，如果让我回忆他的样子，首先浮现在眼前的并不是他的脸，而是那直欲将人燃烧的漫天晚霞。在那片晚霞中，在十字路口，他对我说："我就在这里等你啊。"

然后，我们就在那个路口分开，道别。

如果当时跟他一起走下去会怎样呢？

也许还会吵架，也许会不欢而散，也许会变成誓死不再往来的冤家，当然，也有可能两个人一起痊愈，但这种可能性微乎其微。

所以，我很感谢，感谢我们有一次完美的道别，一次将所有的悲伤、欢乐、喜悦、哀愁和希望都囊括其中的道别。我们没有握着手说"要好好活下去"，但心里却都已明白，为了追回那最重要的东西，这一次无论如何都要坚强。

生命中最重要的东西是什么呢？是那宝贵的三种神经递质吗？那三种神秘的物质，除了让我们拥有感知世界的能力、欣赏美食的能力、欢笑的能力种种之外，是否在我们的血液里，埋下了关于某样东西永恒的憧憬？

我已经预备好要向医生告别了。我深吸一口气，要独身奔赴可能艰险莫测的生活。这时候我忽然有种强烈的预感，当我拉开门，会有人对我说："一起去吃饭吗？"

Part 2

斯德哥尔摩情人

▶ 谈恋爱，到底为啥呦

01

我交过两个住在二十楼的男朋友。

这是为了说起来方便，其实，他们一个住在十九楼，一个住在二十一楼。

相同之处是，这两栋楼都有开电梯的人。年轻姑娘，穿着蓝色制服，早晨六点上班，晚上十二点下班。我跟两个男朋友都曾经在晚上十二点以后，鼓起勇气爬上二十楼（左右）。

现在回想的话，除了"当时年轻还是体力好"之外，其实更感慨的是：电梯员这种职业为什么要存在啊？

这个问题我也分别向两名男友询问过。

十九楼回答："以前还有个电视叫《东京电梯小姐》，你看过吗？"

二十一楼则回答："是为了监视。"

现在连他们俩长什么样我都记不清了。用回忆的眼光去看，他们身高差不多，体重差不多，甚至连性格也差不多。

最后都跟我分手了，也是他们的共同点。

相反，给我留下更深印象的是电梯员。

十九楼那边的电梯员，是个白皙、严肃的女孩，年纪在二十五岁左右。不知道为什么，每次晚上去男朋友家，她总是用审视的眼光打量我。

二十一楼的电梯员穿得休闲一些，人也很随和——随和过了头。我和男朋友一起下电梯的时候会跟我攀谈，比如问我是不是汉族人之类。

有一次我独自坐电梯，恰好电梯里也只有我们两人。她忽然问我："你会给你男朋友洗衣服吗？"令我大吃一惊。

总而言之，那是两段很久远的恋爱，久远得就如同春天里被过多雨水浸泡的树木，散发出一种陈旧可疑的味道。

现在我也还是在谈恋爱，对方是个西餐厅的服务员。

我想大概再过一段时间就会跟他分手。

倒不是他有什么不好的，分手只是一种直觉。其实我很喜欢他。他似乎跟我生活在不同的世界，拥有截然不同的生存技能。他的学历是高中毕业，之前发过传单、当过房产中介，还混进银行发过一段时间的信用卡。我经常让他说说这些工作的事，而他对这一点很不满。尽管他没有能力明确地表达，但我清楚：他认为，我对他过往职业的爱好，多少带有屈尊、猎奇的味道。总而言之，是一种恶劣的好奇心。

所以他很容易生气。"你根本不懂这个社会！"是他教训我的口头禅。不管我怎么跟他解释，说我虽然上过大学，并且好歹有个帮我交五险一金的工作，但跟他一样，的的确确处于这个社会的底层。

"哼，你……哼，算了吧。"

他还很喜欢打听我以前交过的男朋友都是干什么的。

"有干金融的，也有干物流的。"我说。

"物流？就是快递员？"他高兴。

"不是。"我有点尴尬，不仅因为那个人并不是快递员，"就是那种……你知道《哈利·波特》吗？"

"知道。"

"就比如说，《哈利·波特》一下要卖一亿本，对吧？这个一亿本一下要在欧洲美国同步上市，同一天摆上书架，这个就是物流。"

"这样啊。"他很好奇，让我进一步解释物流，我赶紧装作睡着了。

因为我根本就不知道物流是什么，其实我连《哈利·波特》到底卖了多少册也不知道。简单说，就是那一任男友的确是做物流的，《哈利·波特》的事也是他对我说的，但我又觉得他有点在自吹自擂。我们交往了两个多月，然后分手了。

如果再交往久一点，我可能会对物流行业有更多的了解，但事到如今，我也认为他们就是搞搞快递而已。

"你的男朋友还有大学教授吧？"

"没有。"

"别骗我了。"

"干吗骗你啊！"

他哼哼了几声，不说话了。半夜的时候他忽然抱过来说："你是我的第一个女朋友。"

"好我知道了。"

其实我知道他在撒谎。

现在，男朋友住在我家里。虽然他不是我的第一个男朋友，但却是第一个住进我家来的男人。说不清这件事是怎么发生的。一开始，是因为他工作的餐厅有个服务员突然辞职，为了顶班他一天需要工作十四个小时，而我住的地方又离那个餐厅很近。

然后，过了一个月，我问他："你们招到人了吗？"他说"招到了"，却没提搬走的事。过了几天，他说想把自己租的房子退了，跟我分担一半的房租。我心一软，"不用"两个字就说出了口。

　　事情就是这样变得有点麻烦了。

　　本来这应该只是一段短暂的恋情而已。

　　跟他谈恋爱以后，他们餐厅忽然变得出名了。经常有同事啊、客户啊提出要去那里吃饭。就像从天而降的厄运一般，我总担心跟他的关系迟早要被人发现。虽然找一个年纪比自己小六岁、只有高中学历的服务员当男朋友并不触犯法律，但是，我很清楚这件事在他人眼中不啻一种犯罪。

02

　　"你干吗找一个服务员啊？"

　　这个问题终于浮出水面。因为我的朋友张微微跟我坦白了她跟有妇之夫交往的事，我一时激动，就把自己的恋爱也对她和盘托出了。

本来以为两个人能抱头感慨人生的，但她立刻反问出这一句，显然觉得我的行为更加不道德。

"……为了体验人生，好不好？"

"他赚钱多吗？"

"当然不多……不过，其实我也不知道啦。"

"他会不会给你花钱？"

我想了想："会。"他的确是会给我花钱的，但是，我平时会忽略这个。发了工资给我买手套、围巾，平时走在路边买些不值钱的公仔，还有在他们餐厅旁边的复古店里买的一些价高质次华而不实的首饰。其实我以前跟他讲过不要给我乱买东西，但是，算一下他花费的金额应该还没有超过一半房租，我也就懒得阻止了。

"你们怎么会在一起的？他怎么有胆追你？"

"我追的他啦……"

"哎，那你这样也挺好的。"

"那你呢，打算怎么办？"

"其实，他对我真的很好啦。"

"他会离婚吗？"

"一张纸就那么重要吗？"

"那倒也是。"

女人之间的友谊，一般是只有当对方倒霉了才会互相夸赞。张微微多喝了点酒，发表了一些对婚姻制度的真诚看法，说得也不无道理。

"我觉得现在，结婚已经跟爱情完全无关了，真的，就是一种经济行为，主要看双方在经济上能不能互相匹配。或者用自己的其他有利条件寻求经济上的安全。比方说我长得漂亮就一定要嫁个有钱的，是不是这样？"

"嗯嗯是这样。"

"所以，不以婚姻为目的的爱情行为才是纯粹的，你说是不是？"

"有道理。"

"有道理个屁！"张微微说，"就是因为我们这么想，才会这么倒霉的！"

"哪里倒霉了啊？"

"正视现实，好不好？"

送张微微回家的路上，我一边正视现实，一边听她说那位男士准备用年假时间和她一起欧洲六国游。

回到家里，男朋友还没回来。虽然招到了人，但最近他依然工作超时，他说老板跟他讲了，过了这一段让他当副店长。

他回来的时候我睡着了。迷迷糊糊地听见他脱衣服，洗澡，钻进被子，因为没有好好擦干，身上又湿又凉。他伸手抱我的时候我挣脱了。

"我们还是分手吧。"我对他说。

03

我曾经为了省房租交过一个男朋友。当然，当时我并不认为自己是为了省房租。

我们是在学校的 BBS 上认识的，那真是年代久远的事情了。研究生临近毕业的时候，我们班就还剩下我一个单身的女生，所以班长在论坛上给我发了一则征友启事，来应征的有十几个人，我见了其中的两个。

第一个是同级的男生（不过不在同一个学院），个子不高，人看上去很老实。我们在学校里的一家餐吧见面，菜上来之前，他有点紧张地对我说，他刚刚签了一家大型国企。"虽然一开始的待遇不高，但日子（说的就是'日子'）肯定会越来越好的。"他说自己之前没有谈过恋爱，因为要等到自己能对别人负责的时候，再开始一段感情。吃完饭以后我跟他抢着把单买了，因为感觉他经济不宽裕。晚上他给我来了一封信，写得不长，但是很礼貌地表达了"能不能进一步交往"的意思。

"我们不合适。"我这样回答他，我们之后就没有再联系。

见的第二个男人则是个金融男，已经工作一年多，个子挺高，而且对自己的工作充满了骄傲。我对他的第一印象不佳，但是他追我追得很紧，经常带我吃好吃的，正好临近毕业又找不到房，我就搬去了他家。也就是他让我认识到了，一个外表体面的人实际上可以多么邋遢又乏味。我在他家住了半年，这半年我们吃得糟透了，他在家的时候叫外卖，不在家的时候我就自己出去随便吃点。到了最后分手的前夕，我们随便一点什么事情就能吵得不可开交。

最后分手的原因是张梓琳结婚。各个娱乐网站上挂出头条"世界小姐张梓琳下嫁金融男"，他一晚上都在刷他的微信群。"你知不知道，这个人就比我高一届！我们是一栋宿舍楼里的，他是排球队的，成绩还没我好。"过了一会儿又沮丧地说，"啊人家已经是 SVP 了！我还只是 VP。"

查了半天，最后长长舒了一口气，转过头来对我说："原来人家本来就是三代。"

"跟你有什么关系？"

"我心里好受多了。"

我瞪着他看了两秒钟，发现他是认真的，不是在开玩笑。

那时候我以为，是张梓琳结婚事件调高了整个金融男界的择偶预期。今天的我才意识到自己当时的天真。年入四十万的男人应该找年入百万开跑车的女友，这样自己就能很快赚到一年一千万。对于婚姻，很多男人的确是这样想的。男人和女人并没有什么两样。

无论如何，张梓琳婚后的第二天，我就搬出了金融男的家。

之后的一年多我没有谈恋爱，直到遇见现在的男朋友。在走进那家刚开业的餐厅之前，其实我已经很久没有好好吃过一顿饭了。一方面是付完房租之后很长一段时间经济不宽裕，一方面是为了赚钱而搞得没有吃饭的心思。走进那家餐厅之前我刚结束了一个 CASE，应该可以马上升客户副总监（后来的确升了）。

当天男朋友正在为没卖出去的杯子蛋糕发愁。

"这玩意儿太甜了，送人也没人要啊。"

"那你送我吧。"我说。

那天晚上我吃了三个杯子蛋糕。并不是为了帮他排忧解难，而是那种强劲的甜味，正好驱逐了、冲淡了我心里的什么东西。即使是现在，在决定与他分手的现在，那股甜味的冲击还能在心底泛起。对于送给我杯子蛋糕的男生，当时的我有一种莫名的感激。

04

"你跟那个服务员还在一起吗？"张微微问我。

"干吗问这个？"

"哦，我就随便问问。"张微微说，"这不是情人节快到了吗？我们杂志要做一期小专题，那些不匹配的爱情。"

"想都别想。你们写章子怡跟汪峰去。"

"我朋友说，她们杂志要开一个情人节专题。"跟他吃晚饭的时候，完全是为了逃避尴尬的氛围，我说起了这个话题。

"什么专题啊？"他一下很感兴趣。

那天我说了分手，他拒绝了。

但分手这种事就是这样，只要有一方说出了口，这件事差不多就已成定局。剩下的只是时间问题。一方会想着挽回，但很快双方都会发现这种举动只是徒劳。只要被分手的那方略有自尊，一定坚持不了多久。

问题是现在这位男友自尊值很低，甚至可以说完全没有自尊。

"不匹配的爱情。"我说，"她还想说采访我们呢，搞笑吧。"

"怎么搞笑啊？我觉得挺好的。"

"开什么玩笑，我们都已经分手了。"

他没再说什么，吃完饭去洗了碗，收拾好厨房，在客厅里开始拆他的快递箱。进卧室之前我瞅了一眼，箱子里全是书。而且是跟我的书柜里摆的一样的书。

"你这是干什么？"

他没说话，看了我一眼。我再次看了一眼那些书，纳博科夫、毛姆、《指环王》、奥涅金、费马大定理。

他蹲在那些书面前，看上去有些张皇失措。这些书他以后会看吗？我知道他肯定一本都看不懂。

我问他——我以后恐怕要无数次后悔自己这样问——我说，你是不是很想接受那个采访？就是被拍照，放在杂志上什么的？

　　"你不愿意就算了。"他说。

　　"那这个对你当店长什么的有没有好处？"

　　"可能有。"

05

　　拍完杂志照那天，我跟他正式分手了。

　　从一开始的如释重负，渐渐变得疑惑起来。我开始摆脱不了一个想法：他是为了省房租才跟我在一起的吗？

　　"有可能是。"张微微说，"反正差不多。因为很明显，你的社会地位高于他，跟你谈恋爱对他有好处。"

　　"我有个屁的社会地位。"

　　"你这人太清高了。"张微微说，"现代社会，时间成本这么高，谁会去谈一段对自己没用的恋爱呢？"

　　"那你呢？"

如若一无所有,
能否快乐自由。

生活里已经有一种最珍贵的东西被我
得到，此后的我可以完全无欲无求。

人在痛苦的时候都会变成哲学家，
对于世界和人生都抱着一种不可靠
的达观态度。

我留在了这里，而他成为了水手。
我是无可挽回长大了的女人，而他是永远的少年，
是全世界的水手。

追忆的影子 像冷冷雨丝

"我的恋爱对我很有好处啊。"张微微说，"起码他可以带我体验这个年龄段的男生没有能力带我体验的生活。出去玩不用穷游可以住很好的酒店，还有教我穿衣打扮，甚至连怎么背包都告诉我。"

"他会跟你结婚吗？"

"你这人真是的，结婚有那么重要吗？一段爱情最宝贵的地方，就是在它离去以后，你变成了更好的你。"

我不知道张微微是从哪里学会这些似是而非的鸡汤理论的，在我看来，既没有发现她最近的穿衣品位有显著的提升，也没发现她的气质变得更高贵。她唯一的改变就是更经常地找我吃饭，而且喝更多的啤酒。

"改天你见见我男朋友吧。"张微微对我说。

"好啊。"我回答。

"去你男朋友那家餐厅行不行？"

"前男友。"我说。

我很想见见他们——两个男人我都想见。

但是，见的那天，我迟到了。先是莫名其妙地，甲方在下午两点时否定了之前已经敲定的提案，而新的提案做好已经晚上十一点半，天又下起了大雨。

之前张微微打电话催了我无数次，我跟她说："真对不起要不咱们改天吧。"但她就是倔强地不肯改。我走下楼去打车的时候，感觉非常恐怖。雨下得太大了，天地仿佛连到了一起。我加了一百块，才好不容易打到一辆车，路上还熄火了一次，跌跌撞撞开到那家餐厅的时候，已经过了十二点了。

餐厅里还亮着灯。推门进去一看，只有两个人。

张微微，和我的前男友。

他们并排坐在一张四人桌的同一边，靠得相当近地在翻一本杂志。

听见我进来，前男友抬头跟我打了个招呼。

"你喝点什么？"他问。

06

"你男朋友呢？"我问张微微。

她回答我说："走了。前男友。"

"什么？"我冻得浑身发抖，捧着我的前男友给我做的奶茶。

"从今天起就不是男朋友，是前男友了。"张微微说，"我说你一定会来的，让他等等，他就是不肯，非要回家，说明天早晨六点还要起来赶飞机。"

"这没什么吧，是我迟到了啊。"

"是没什么……可是你知道，有时候就是有这样的事。一瞬之间。"

一瞬之间，可能爱上一个人或者不爱一个人，或者，至少是决定放弃一个人。

前男友把店里的暖气开到了最大。"你还没吃晚饭吧？"他问。

"你怎么知道？"

"我当然知道。"

厨师和服务员都下班了，前男友在厨房里，正搜集所有的材料给我做三明治。面包、生黄瓜、沙拉酱、鸡蛋。切黄瓜时喀嚓喀嚓的声音，煎鸡蛋时的呲啦声，油在锅里烧热时滋滋的声音。我想起来了，这就是我爱上他的瞬间。

　　吃了杯子蛋糕的第二天，我又跑到这家店里。但是加班得太晚，到的时候，店已经打烊了。但是还有一个服务员没走，那就是他。

　　他当然不是专门在等我，但在当时，我就是那样感觉的。他不仅在等我，还打开厨房的火，热了牛腩给我吃。他洗干净芝麻菜给我拌了一份沙拉，味道并不好，因为他还没有学会。最后，他煎了一个鸡蛋放在热气腾腾的米饭上。

　　"我觉得她学识渊博，而且特别不俗气。"在杂志上，他这样说。

　　我觉得非常尴尬，可他还是对专题编辑滔滔不绝地说："她总是给人一种特别亲切的感觉，虽然我是个服务员，她是个高才生，但是她完全没有看不起我。"

　　"我最喜欢她的一点，是她对我的朋友和同事都特别好。"他说，"有一次我挽着她走过我以前工作过的房产中介公司，跟人打招呼，说这是我女朋友，她也笑眯眯地跟人打招呼。跟她在一起，我觉得生活会越来越好。"

最后一句并不是他说的，而是杂志编辑牵强附会给加上的。

因为那时候，我们已经分手了。

我经历过很多次分手。跟十九楼男友分别在一个秋日，他到我的宿舍拿走了家门的钥匙和一副寄存的羽毛球拍，带着他一个背包就装下了的行李，离开了这座城市。我站在宿舍的窗口，目送着他走过洒满阳光的林荫道，他一次次地转过身，对我挥手告别。

和服务员男友的分手则仓促许多。

拍照那天，跟我们一起进棚的还有一对小明星。专题编辑根本没有安排好，说好先拍我们，结果明星的时间没协调好，最后就是我们坐在一旁，一直在等那一对化妆、换装、审片、访问，最后轮到我们的时候，已经晚上七点多了。本来说好拍完片子一起去吃个晚饭，可是这么一折腾，我完全失去了和颜悦色的耐心。

"待会去哪儿吃饭？"走出摄影棚，他才问出这么一句，我就光火了。

"不吃饭。

"别跟着我。

"不回家，我去住酒店。"

当天晚上就真的住了酒店。第二天下班以后回到家，发现他的东西都已经搬走了。

这是在那之后，我们的第一次见面。

做三明治的面包烤得恰到好处，切得细细的卷心菜在嘴里咔嚓作响。

前男友沉默地把一碗牛肉清汤放在我面前，过了好一会儿，张微微忽然说："你们……还是别分手了吧。"

"为什么啊？"我问。

"那你们为什么要恋爱呢？"张微微问。

07

人的一生中，总不只喜欢一个人，总会谈好多次恋爱，我是这样想的。

但是，我们谈恋爱，是为了什么呢？

住在二十一楼的男朋友，听说了电梯姑娘的问话以后，大笑着说："我交女朋友可不是为了让她给我洗衣服啊！"

住在十九楼的男朋友跟我讲了《东京电梯小姐》的大概剧情，我问他："那既然电梯小姐是高档写字楼才有的，为什么你住这么破的楼还有电梯小姐？"

他想了想，回答："我们楼的电梯小姐……是为了要把所有漂亮的姑娘，都送上十九楼。"

是为了这些甜蜜的瞬间，人们才谈起恋爱来的吗？

谈恋爱，可以改变自己的社会地位吗？

跟着人去了更好的餐厅，坐上了头等舱，或者上了杂志，是否自己就变成了更高贵的人？

有人说，女人的价值，等于她交往过的男性的资产总和，这句话有道理吗？而男人的资产就体现在他的女伴的美貌程度，这样的说法也会有人赞成吗？

谈恋爱是为了结婚吗？我有时想起那个只有一面之缘的同校男生，我从内心里相信他是一个很好的人，也是一个再好不过的结婚对象，我相信他给我写信时的真诚。

是因为这一切，我们才要谈起恋爱来的吗？

相遇时的微笑，分别时的泪水，哪一个更好地代表了恋爱的本质？恋爱之后的我们，还是原来的我们吗？我们是带着破碎的、磨损掉了一部分的心，还是带着一颗容量更大的心，再往前走去？

但无论如何，我们就是恋爱了。然后是分手。因为钱，因为地位，因为厌倦，因为距离，因为互相伤害，因为各种各样的原因而分手。恋爱，分手，再恋爱。在这个过程中，读奥威尔，吃杯子蛋糕，发胖，减肥，争吵，和好，努力了解对方，（假装）了解什么是物流。当分手的时候，早就已经忘记了为什么恋爱。下次恋爱的时候，又把上次的分手抛到了脑后。

▶ 男朋友，男朋友

01

我是阿树的第七个女朋友。但是，当他问我他是我第几个男朋友的时候，我却耍了个滑头，没有回答。

虽然这样不够坦诚，但我也认为女孩子最好不要告诉对方自己交过多少个男朋友。尤其是在阿树之前，我觉得自己并没有谈过什么正正经经的恋爱。其中有一次虽然都见过了父母，但最终以男方劈腿告终。时过境迁以后，我并不认为自己的心灵受到了多大的伤害，我认为，我并没有真正爱上对方，只是因为他一开始追求时就表现出了求婚的意图，便稀里糊涂地随波逐流了。

阿树虽然交过很多女朋友，但并不给人花花公子的感觉。相反，他看上去很单纯，甚至有点木讷。他身材高大，有着像混血儿一样立体的五官，却从不觉得自己是个帅哥。当他出现在一个地方，便不由自主地吸引别人的目光，而这——他发自内心地认为，是因为他占用了太多空间，他几乎为此感到抱歉。

我和阿树是经朋友介绍认识的。

认识了之后，很快就走到了一起。

恋爱的感觉真好啊！

开始谈起恋爱的人，对发生在自己身上的一切事情都变得分外敏感，好像任何事情都能被赋予一种特殊的含义。我和阿树第一次单独约会，在地铁上我拿出书来看，阿树吃了一惊，然后从包里掏出了同一本书。

真像一场天赐的恋情啊。

当时看起来，事情的确是这样。

02

相比于我的多少有点不老实，阿树对我的态度是很坦诚的。

他老老实实地向我交代了以前几次恋爱的详情。

并不是我自己要问的，而是阿树说起的。

在这方面，他有点莽撞，但也有点狡猾——就像一个孩子知道自己的行为不会被责罚。

"第一个女朋友是大学同学。因为毕业，没有在同一个城市，自然而然地分手了。我觉得她对此并不是很难过，而我自己，好像也只是为了她不难过这一点感到难过而已。

"第二个女朋友，是刚参加工作时的同事。长得——我觉得很好看，我最喜欢她在工作时紧张又认真的样子。

"第三个女朋友，当时有男朋友呢。那时候经常加班，有一天，一起吃盒饭的时候，她忽然对我说，想和男朋友分手。那一刻，我稀里糊涂地喜欢上了她。这是谈得最煎熬的一次恋爱。她总是去见那个男的，被我发现以后又总是说她会选择我，但最后还是和那个人在一起了。最后一次和她在一起的时候我还哭了。没出息吧！

"第四个女朋友在北京。真是个非常聪明的女生！是我见过的女生里最聪明的。我被她的聪明深深吸引了，鼓起勇气表白，没想到她也喜欢我。那时候，我想尽了办法跑去北京出差，去了之后又想方设法多留些日子，都被领导批评了。那段时间，她正准备去法国留学，所以我总是陪着她去上法语课，其实是她在里面上课，我在外面等着。等待的时间看了很多的书，我看过的那些书，她几乎全都看过，而且总能发表出比我更高明的见解。可是，她去法国之后，我却松了一口气。她写信来，我也渐渐不回了，最后她哭着给我打了个电话，在电话里说了分手。

"第五个女朋友很爱哭。和我在一起的时候，她总是担心着未来，在哪个城市生活，房价多少，什么时候要孩子……可能正因为这个，我们总是吵架。

"第六个女朋友，对她感到最抱歉。她从小没有父母，很想要一个家，我也很冲动，我们差点就结婚了，可是最后还是分开了。"

说完这一切，阿树目光闪亮，真诚地看着我说：

"但是遇到你以后，就会特别想安定下来。"

03

恋爱到底应该怎么谈呢？

因为理论太多，所以反而不清楚了。

有人说不应该太早跟对方上床，因为上过床以后，感情最多还能维系一个月。

但也有的人说，我和男朋友第一次见面就上床了，不也很好吗？我们很快就结婚了，有了孩子，现在过得很幸福。

从稳妥的角度来说，我倾向于第一种观点。因为我也觉得，性欲的第一要素是新鲜感。不管多么迷人、身材多么好的女孩，只要新鲜感过去，就算穿上性感内衣，也无法再唤起男性的激情。而激情的消逝对一段关系来说，是致命的考验。

可是，我同时又认为，将性关系作为诱饵，有意利用男性"想要得到"的不理性激情而达到结婚的目的，也是一件挺卑劣的事。

说到底，支撑双方关系的，不应该是性，应该是彼此认同的价值观、对未来的共同期待，还有一些更本质的东西。

因为自己的脑子里其实也是一团糨糊，所以，我很快就和阿树上床了。这件事是他主动的，但也自然而然。既然恋爱了，没理由拒绝发生性关系——这是我的恋爱价值观。至于以后的事情，我乐观地想，总带有一种听天由命的成分。更何况，我自己也是想和阿树上床的。

他年轻、健康的身体，对我也很有吸引力。

上床之后，两个人的关系变得更加亲密。一开始还有一点点局促的感觉，但很快变得自然了。可以坦然地光着身子在对方面前，在房间里走来走去。对于恋爱来说，这应该是好兆头吧。

04

谈过很多次恋爱之后的恋爱，和第一次的恋爱有什么不同？

我曾经认真地思考过这个问题，最后得出的结论是：对于"永远要在一起"这件事，变得不那么执着了。

但是，得出这个结论的时候，我并不在恋爱中。

其实当时我正暗恋着一个人，是公司的上级，已婚男人。

我很清楚自己不能越界，所以每天都过得很痛苦。既渴望看到他，又害怕被他看出自己的心情。他是一个非常温柔的人，对家庭也很负责，办公桌上放着女儿的照片。

其实到后来，我觉得他已经觉察到我的异样，想要和我保持距离，但又不忍心对我过于冷漠。他是个百分之百的好人。

怀着无望的爱情去爱着一个人，这种爱情，是孤独的心灵孕育出来的幻想吗？但是那种幻想也无比真切，越是无法接近，便越将完美的想象一层层加诸对方身上，心情一天天变得更沉重不堪。那段时间，我只要稍微有什么事，就会躲到洗手间去哭一顿。

最后，我只能从那家公司辞职了。虽然那是我第一份做得比较顺利的工作，可我连年终奖都没拿到就逃之夭夭了。

现在回想起来，人在痛苦的时候都会变成哲学家，对于世界和人生都抱着一种不可靠的达观态度。而一个生机勃勃的人总是对世界、对他人有诸多要求，也经常看不到事物悲观的那一面。

实则这个世界上悲观和乐观的事至少是对半分。

05

我和阿树的恋爱是从什么时候偷偷改变了？

刚开始的时候看起来一切正常，甜蜜的感觉没有改变，总是用"我们"来考虑将来。常常用"家庭"来形容两人的关系，尤其是阿树，经常这样开玩笑。

比方这样说："你这么傻，看来以后会是家庭内部欢乐气氛的主要制造者。"

对了，关于"很多次恋爱后的恋爱和第一次恋爱有什么不同"的回答，还有一个，就是对甜言蜜语，一开始会有所警惕。

因为过去的经验总是证明，这种一时冲动的许诺不可能实现。

第一次见面就冲动地说"你嫁给我吧"的男人，最后在结婚真被提上日程时却支支吾吾，在困惑的心情中，终于发现他早就出轨。

但是，我相信阿树。这种相信里最初掺杂着一丝不安，我还会提醒自己"恋爱就是不确定的，不接受这一点就无法恋爱""不要怀着必须永远在一起的心情去谈恋爱"。

这样的提醒表面上看起来很理性，可实际上只是让自己更加心安理得地享受眼前的甜蜜而已。

阿树对我说："一起出去旅游好吗？"

我很开心。一起旅行，似乎是共度一生的前兆。

阿树很有行动力地订好了机票，我们一起出国，去了河内。

假期过得很开心。

我们没有吵过一次架，总是愉快地相处，阿树很体谅我，我也很迁就他的一些小小的固执。有一次，他很倒霉——想吃一家米粉店的时候，偏偏人家说中午就关门了。第二天他特意起了个大早，拖着我去那家粉店，虽然米粉其实并不好吃，可他还是吃得很满足。

旅行之后，我们回到了之前的生活。

忽然之间，一切好像失去了灵光的照耀，开始变得平淡了。

这时候我和阿树交往了三个月。三个月，正好是激情淡去的时间线，我能明显地感觉到，两个人的话题渐渐不像以前那么多，也并不总是那么精神满满地盼望着见面。

我以往从没对阿树以前的恋爱有什么疑虑，可是，这时候却开始担忧，觉得这段恋爱好像又要重蹈覆辙。

其实才只交往了三个月……我却终于忍不住提出来："你什么时候带我去见你父母？"

我感到就是在那一刻，阿树退缩了。

06

从河内回国的那天，我们很早就起床，在天还没亮的时候就到了机场。

我坐在登机口看行李，而阿树则在商店里到处转悠，想看看有没有值得买的东西。

什么也没有……他在远处失望地对我做着鬼脸。

忽然他变出高兴的神情，小跑到我跟前来说："我发现了一本印度的 LP，最后一本，只要 26 美元，国内要卖 300 多呢！"

印度是我们下一站想去的地方。可是我们没有美元。阿树兴冲冲地掏出信用卡，结果刷了两张都失败了。

这本书买不成了。阿树有点闷闷不乐。我说："那我回去买一本送你啦！"他反对："可是这个便宜很多欸。"在这方面，他就像个孩子一样固执。

就要登机了。阿树忽然从排好的队伍里跑了出去。我惊愕地看着他跑到一个外国老太太身边，问人家："我想买一本书，能不能跟你换点美元？"

书终于到手了。上了飞机，阿树迫不及待地拆开书，却发现——是本盗版！

不仅没有封面上应许的"精美地图"，甚至连彩图都没有，文字也印得乌七八糟。

我说："快扔了吧，看着多别扭。都说了我送你一本啦。"

他挣扎了一番，最后还是把书留下了。

"其实看起来是一样的。"

可是谁都知道，看起来根本不一样啊。只是那么热烈地想要买的东西，想尽了办法最后终于到手的东西，要丢开，多么舍不得啊。

我看着阿树孩子般委屈又失望的面庞，感到一阵心疼。

07

我和阿树已经分手了。

现在，我已经可以平静地看待这件事。

阿树和我的爱情，对阿树来说，就像在机场买到的那本书一样。一开始那么热切地想要得到，那毫不理性的热情推着他排除所有障碍，但是，翻开书，却发现里面的内容不如自己所想。

这时候，会对自己说"读起来是一样的"，但其实以后再也不会翻开那本书。

不但是对我，这似乎是阿树所有恋爱关系的模式。但这么说对阿树也许并不公平，因为他从头到尾，都是那样的真诚。

阿树是我的第三个男朋友。

然而，我知道这个数字并不诚实。我从内心深处，想要抹去之前所有不愉快的恋爱关系，仅仅承认那些带给了我美好回忆的。

　　我之前的每一段恋爱谈的时间都不长。于是，在每一段新的恋爱开始之前，我都在内心祈祷，希望这是一段长期的关系，当恋情炽热的时候，恨不得一下子就这样甜蜜地到达人生的尽头。

　　可是我们俩都像电影院里不耐烦的观众，当剧情不如预期时，第一反应就是离场。然后，或者听着别人赞叹"其实结局很精彩！"，或者听人抱怨"早知道这么烂，早点走就好了！"。

　　然而，这毕竟不是我们亲身体验到的结局。

　　再见了，阿树。

▶ 一种神奇的动物：海驴

海驴，一种动物！生活在海里。长得像驴，叫声像驴，性格也像驴。

01

中午我刚到办公室，海驴张就蹭了过来。

"别碰我，别靠近我！"我警告他。

"为什么这么冷酷无情？"

"你把胡子去刮了。"我说，"今天把稿子好好交了，做一个大写的驴。"

他在我身边盘桓了两秒，判断我的确不想理他，就哼哼唧唧地消失了。

该怎么形容海驴张这个人？长得挺像高晓松的，能理解吧？稍微好一点的就是还有一根脖子。他的脖子上常挂着个单反相机啊、望远镜啊，或者其他不知道什么乱七八糟的东西——爱往脖子上挂东西是这人的一大特征，而且挂得还特别重，因此叫驴。

叫海驴，是因为他喜欢海。尤其是地中海。他已经去过三十多个国家，其中地中海一带去过七八次，这个数据令他骄傲不已。

海驴张——中文名字叫张海驴——是我们报纸旅游版的首席记者。旅游这种事，谁旅谁知道，旅多了也是会死人的。在我认识的所有活人中，也只有海驴张能够一年十二个月起码十个月不着家，在亚非拉各个我甚至叫不上名字的地区漫无目的般游荡。

我和张海驴没有什么特别的交情，只是同事，加邻居。给我们找房子的是同一个中介。并不是真的中介！而是北京媒体界社交皇后。方玲玲，个子高大，身材丰满，有一对 36D 豪乳。她性格直爽，行动敏捷，在她胖乎乎的身体上摇晃的，似乎不是脂肪，而是无穷无尽的活力。方玲玲认识很多人，这些人都有房，而且都出国了。方玲玲自己也有房。所以她就把这些房介绍给我们这些没房的人住，而且并不真的收取中介费。

提起方玲玲我可是有一肚子的话要说，但是算了，不说也罢。

半个小时以后开例会，但张海驴消失了。据说是要去芬兰，赶飞机去了。总编大发雷霆："就不会订晚一点的机票吗？我已经三个月没有看到他人了！"有人插嘴："他那特价机票可能晚不了。"总编更加大怒："芬兰那种地方谁让他去的！我们不需要芬兰的专题！"接下来的时间没人敢插嘴，总编隔空整整批了一个小时张海驴，"自大！没有职业感！其实稿子写得一般！"

当总编说到"稿子写得一般"的时候我很想录下来给张海驴发过去，但是我也能料想到对面那海驴般的反应："我写得一般？他懂个屁。"

"你们谁跟他说一声，张爱娟就你说吧，"总编指着我，"你告诉他，下次例会再不参加，就让他滚蛋！"

我无奈地看着总编。此人生气的时候就对我直呼全名，这是我最受不了的一件事。自从我给自己取名为"卷卷"，谁再叫我原名我一般是会当场翻脸的。

02

"总编之怒！非常可怕。"第二天我跟张海驴 Facetime，"你没事去什么芬兰啊？"

"芬兰旅游局邀请的啊。"

"那你不会参加完例会再去啊？"

"例会是个什么东西。"

我一时语塞，一秒后发出必杀一击："你稿子呢？"

张海驴那边立刻断线了。

晚上有一个方玲玲组织的聚会。我刚一进门她就问："你怎么还不辞职？"

"为什么要辞职？"

"你们集团出问题了你不知道啊？"方玲玲说，"换投资方，副主编以下全都大清洗——别说你还要我告诉你啊。"

她说的是事实。但是，呵呵，我为什么要辞职啊？被辞退还有遣散费好拿呢不是。

"你有好机会介绍给我啊。"我跟她打哈哈。

"暂时没有。"方玲玲神秘一笑。忽然间我明白了她的意思！

"你是不是有了？"

"暂时不能透露。"

"透露一点，透露一点。"

方玲玲这人是这样的，她就是会用一种独特的方式来展现优越感。

比方说微博上 PO 一张打开冰箱门的照片，哀叹："饿到死的晚上，冰箱里却只有巴黎水。"空空的冰箱里寂寥的两排巴黎水，顿时展现出一种生活在巴黎的气质。一开始有人嘲笑她装名媛，但现在已经没有人怀疑：她是真正的名媛。至少是个富二代，有钱人，想去巴黎随时就能去的那种。

虽然到最后方玲玲的确也没完全透露，尽管那种春风得意已经要在她身上喷薄而出。

聚会中间她一直接电话："是吗？戛纳？好啊。唐泽寿明？一般吧。过气了。福山雅治我喜欢，但我更喜欢爱德华·诺顿，能帮我约吗？什么，他会出席之后的晚宴？太好了。我是他女朋友欸，你们不知道？爱德华·诺顿东半球唯一指定官方女友，哈哈哈哈。"

"这个女人。"她接电话的时候，旁边有个没见过的人，好像也是个记者，用胳膊肘捅了一下我，"要么就是个骗子，要么就是个傻×。"

"我不知道她是骗子还是傻×，但我知道你是个下流胚。"我毫不客气地对他说。

当时是在酒吧里，因为吵，我说话的声音好像有点大。方玲玲放下电话，诧异地问："你说谁呢？谁下流胚？"

"说张海驴。他欠我稿子，逃稿到芬兰了。"我甩下这句话，拿包走人了。

03

大海里，都有哪些神奇的动物？

我们知道海豹、海狮、海狗、海豚、海兔、海牛等，甚至还有由雄性孵化幼儿的海马。

但也许大家不知道，大海里还有一种更奇异的动物：海驴。

该种动物最初由英国生物学家 John Donne 博士在南太平洋大约一千公尺的深度观测到，最初他以为这是自己的错觉。他这样描述自己对海驴的第一印象：

"太神奇了！这是一种和陆地上的驴几乎一模一样的生物。大小像驴，形态像驴，叫声像驴，姿态性格也像驴。"

在最初的惊愕过后，Donne 博士决定追踪这种神奇的动物。这一过程殊为不易。博士说，海驴的出没习惯令人捉摸不定。与陆上吃苦耐劳的驴相反，海驴是一种非常没有责任感的生物。它既没有固定的住所，也没有固定的觅食线路，甚至没有固定的食物。他甚至很少观察到海驴进食。

另外一个问题也困扰着 Donne 博士：他至今未曾发现一头雌性海驴。

海驴这种生物确实存在，这是毫无疑问的。但是存在的生物必定有自己存在的方式，有生存、繁衍的轨迹，海驴却完全不遵循这一大自然的规律。Donne 博士每年在固定的海域里，都能观测到海驴的行踪。但他却没有一次观测到海驴从何方来，到何处去。

"它只是消失了。"Donne 博士说，"而这正是这种动物的魅力所在。它不与其他任何动物共生，几乎什么都吃，对环境的变化也无动于衷，生命力极强。我特别希望，在我的有生之年，能观测到一头雌性海驴。"

04

张海驴在芬兰整整待了三十天，回来写了一篇两万字的稿子。

"这种东西我们不能发。"总编铁青着脸说。

"分三期发不行吗？"

"不是分几期的问题，而是说，它毫无条理。"总编客观评价，"当然我们能看出你在芬兰待了很久，也查了很多资料，但这些东西组合在一起却毫无意义。"

"好，知道了。"张海驴回答。

没过几天我们就在一本旅游杂志的封面上看到了张海驴芬兰特稿的标题。

再过了几天，集团内部调整，张海驴因为没有达到最低考勤标准，成为第一批下岗员工之一。

消息宣布的那天我怪不好受，虽然我觉得他也是罪有应得。没这么办事儿的。倒不是说考勤什么的，那东西我们都知道是扯淡！但是，总编说稿子不好，你服个软，改一改，哪有就直接给了竞刊做头版的？

"他说不好，我给别人，你说我哪里做错了？没错嘛。"张
海驴说，"又不是说别人给了我高价。"

这种理直气壮让我感到一种莫名的烦躁。

"好吧你说现在怎么办吧你？"

"滑雪去吗？"

"没钱。"

"东直门，坐公交去，有一趟公交直达雪场。"

"坐公交去滑雪，算什么？"

"你这个人就是这样，"张海驴出乎意料地说，"紧紧张张的，
感觉一辈子都没尝过生命的快乐。"

"你快乐。滚。"

"滚去滑雪。"

"祝你摔断脖子！"我在他身后大声喊。

05

张海驴并没有摔断脖子。他不仅将自己英姿飒爽的滑雪照发上了微博，还特别地艾特了我。"让我将生命之杯一口饮尽！"照片上的他挤眉弄眼，我看了一秒，两秒，第三秒就把他拉黑了。

晚上他电话打过来。

"为什么拉黑我？我做错了什么？"那意思就是说他光明磊落至情至性，而我是一个心地阴暗气量狭窄的小人。

"你做事有没有顾及别人的感受？"我对他说，感觉自己心平气和，"你这一生，有没有哪怕一次，考虑过别人的处境？现在上上下下变化那么大，我的版面本来就有被撤的危险了，让你写稿你又不好好写，眼看要开天窗了，我求爷爷告奶奶的，方玲玲才给我写了一篇补上……她那个文笔你又不是不知道！就因为你的不靠谱，我的血槽到现在也没回上来，你知不知道？"

"方玲玲写的什么啊？"张海驴问。

"你别岔开话题，我跟你说，现在我非常严肃了。"

"哦。"

"张海驴，你问题很严重的你知不知道？"

"我什么问题？"

"你膨胀！你膨胀过头了。"我说，"什么去过四十多个国家啦，什么混着混着就成了大神啦，你自己说说，有从东直门坐公交去滑雪的神吗？"

"那你上次去台湾都没去成，就因为你要把钱拿来买个包。"张海驴说，"我觉得你的问题才严重。"

"总之就是拖黑你了。"

"你以为我在乎吗？"

"我管你在乎不在乎，我挂了。"

"再说一句，再说一句你再挂。"张海驴的声音听上去忽然有些严肃，那一刻我几乎以为他要跟我道歉了，也就迟疑了一秒，怔怔地听了下去。

接下来他说的话，我可能这辈子也忘不了，因为这辈子也不会原谅自己给过他这个机会，说出这么浑球的话：

"你如果以为，我打电话给你，是被你吓到了，求你不要拉黑我，你就错了。因为你的感受，其他任何人的感受，对我来说都无所谓。事实上对世界上任何人的感受我都是无所谓的。你拉黑我也好，跟我绝交也好，都伤害不了我。任何人都伤害不了我。因为我对这个世界上所有的人都没有责任和义务，包括你在内。"

最后还是张海驴把电话先挂了。除了能喊出最后一声"你去死"之外，我完全傻了。在他挂断之后，我本想打个电话回骂他，却完全做不到。首先我已经跟他绝交了，就不能再给他打任何电话；但最重要的是，我哭了。我哭得上气不接下气，一直哭了大概一个钟头。不知道为什么那么伤心，也可能并不是伤心，只是被打到了某个不能碰的点，只是我自己也不知道那个点在哪里。上一次这么哭还是六岁的时候，我跟我爹生气让他去死，结果他就真的出门了。他出门了两个小时，回来的时候，我已经哭得发不出任何声音了。

晚上方玲玲打电话给我的时候，我小心地不让她听出来我嗓子哑了。

这完全是多余的，好像。因为她根本就是喝醉了。

"你在哪儿？我在电影节。"嗯，高贵的电影节，而且是某家著名的影视公司让她去做媒体总监，以这样的身份出席。她完全沉醉在星光熠熠的河流里，实在必须找个人炫耀，不知道她为什么会选中我。可能是随机的。

　　她大概讲了有半个小时。这半个小时里，我一直仰着头看着窗外的星星。唯一的想法就是她果然有钱，打越洋电话完全不心疼。但她所讲的那些精彩内容，那些闪闪发光的明星、名媛、帅哥，包括吴彦祖在内，都不能引起我的任何兴趣。我羡慕她，我希望自己也能像她一样，八面逢源，富有美丽，闪闪发光。不过这也不重要了，好像。

　　"对了，张海驴那个混蛋。"方玲玲忽然说。

　　"他怎么了？"

　　"算了，不说他了，让他去死。"方玲玲忽然决断地说。然后她忽然爆发出一阵咕叽咕叽的笑声，笑得张狂，却不知怎么让我有一种心酸的预感。

　　然后她把电话挂了。

06

方玲玲什么时候从电影节回来的我不知道。要说，这多少有点反常，因为她的微博上后来就没有任何关于电影节的信息。

一张照片、一个字都没有。这可不符合她的秉性。

但我没有工夫关心她的事，我关心我自己都还来不及。集团的内部调整，用总编的话来讲，大刀阔斧地进行着。砍砍砍，大致如此。我所在的周刊收到了停刊的通知。

"我也感到非常沉痛。"总编沉痛地说，"毕竟，这是大家耗费了心血，一手一脚做起来的。但是现在传统媒体的大环境太差，集团要向新媒体转型……"

"您想说什么到底？"

"壮士断腕，你要有这个胸怀和度量。我一直是很看好你的。"

从总编办公室出来的时候我一直懵懵懂懂的。想起来了，方玲玲在前前东家遭遇这种事的时候，可是直接把开水泼到了总编的头上。

"周刊，不是你一手一脚做起来的，是我做起来的。是我连续两个月没有周末，打了无数个电话，一个一个品牌地找人，请无数经纪人吃饭，半夜守着实习生改稿，就差跪着拉广告，这样做起来的。"我只对总编说了这样的话。是不是太过头了，我无从得知。但总没有泼开水那么过头吧，有一个版本说，泼的是咖啡。也有说泼硫酸的，但那是瞎扯。

我辞职以后才听到了方玲玲的电影节八卦。

是在媒体人的一个局上，就那个下流胚，津津乐道地传播：

"她啊，头天晚上喝醉了，结果第二天早晨没起来床，媒体会迟到了一个钟头！？

"这还不是最可笑的，最可笑的是什么你知道吗？现场乱成一团了，然后就有很多外国记者问她，到底这个活动，是九点还是十点开始？用英语问的。你们猜她怎么回答？"

"她怎么回答？"

"她回答，No！N-O-NO！哈哈哈哈原来她一点英文都不会啊，哈哈哈哈。"

众人跟着一起哈哈大笑，我走过去，把一杯长岛冰茶倒在了他头上。

07

Donne 博士发布了对海驴的最新一期观测报告。

又一次，海驴在固定的季节出现。独自一头海驴，在空阔的海域游荡。

那片海域也生活着其他动物，但它们既不关心海驴，海驴也无视它们的存在。

海驴没有同伴，也没有天敌。它游弋的姿势笨拙，然而不急不缓，它以接近匀速的速度缓慢通过了这片海域，既不寻求，也不留恋——仅仅是通过而已。

对于海驴是否存在、是否只是一种海底视觉幻象的质疑，Donne 博士付诸一笑。

"有很多生物会与海驴相遇，"他指出，"却没有任何一条鱼、一根水草能通过海驴的身体。"

博士的困惑是，他多年观测到的，是海驴家族的不同成员，还是同一头海驴。

"从外表上来看当然是同一头。果真如此的话，那么可以说，神奇的海驴在这漫长的年月中，没有任何变化，也就是说，甚至没有老去。"

对于其他海驴爱好者"为海驴安装跟踪器"的请求，Donne博士这样回答：

"我们何不对造物的神奇保持最后的敬畏之心？"

08

"我觉得，你就算真的不会一句英文，也比那些下流胚强一百倍。"我对方玲玲说。

"真的吗？谢谢你。"她闷闷不乐地说，"我四级还是过了的。当时太紧张了。"

头天我们刚刚知道了张海驴去世的消息。

准确地说，是方玲玲先知道，然后告诉我的。因为我拉黑了张海驴嘛。他在跟我绝交以后，立刻潇洒地去了南美，这片他一直神往的土地。

结果在某个国家的街头，几个混混抢他脖子上的相机，他不肯放啊，这个傻×，就这样被拖倒在马路中央，被一辆逆行的摩托车轧死了。摩托车主也飞出去摔了个半死，这件事因此上了当地新闻。

　　"他就是不肯放啊，这个傻×。不过可以理解，那毕竟是他唯一值钱的东西。"方玲玲说，然后又毫无逻辑地接了一句，"他好像喜欢你。"

　　"我跟他说的最后一句话是'你去死'。"

　　"……我也是。"

　　冬天的阳光多少有些惨淡。我和方玲玲喝完变冷的咖啡，把手插在兜里，沿着条小街一直走。街边的店里已经挂上了圣诞的装饰。

　　"你还在原单位？"

　　"嗯。"她说，"先待着，有好的再跳呗。或者自己创业。你呢？"

　　"我不知道。"我是真的不知道，我已经正式提出辞职了，因为是自己提的，也拿不到什么补偿金。

　　但问题好像也并不在这里。

　　"你知道吗，我跟张海驴好过。"

"什么？"

"好过，谈过恋爱，这样。"方玲玲自嘲般笑了，"还一起去旅行了一次。"

"哦。"

"真是受不了他。一路上就跟头驴一样奔波的，根本不考虑女生的感受。我来大姨妈了他还让我跟着一起坐夜车，我当时就跟他吵翻了。"

"然后呢？"

"然后没有坐呗。休息了一晚。在伊朗。"方玲玲说，"然后，第二天早晨，他就跑了。"

"跑了？"

"跑了。带着他那点行李跑了个无影无踪。联系也联系不上了。"

"那你为什么不杀了他？"

"我想的。所以我就按照之前说的路线一路追过去，最后到了土耳其，伊斯坦布尔。"

"杀了吗？"第二次说"杀"这个词的时候我才意识到，反正也没有必要这么做了。

"没有找到他。伊斯坦布尔有海的,你知道吧?马尔马拉海。我就一个人坐船,穿过黑海海峡,晕得一塌糊涂。不过,看见海豚了。"

"嗯?"

"中午的时候,站在船舷上,看见海豚跃出海面。真是,笑死了。海面上星星点点的,我忽然想,也许张海驴已经掉进海里淹死了。就没再继续跑了,买了张机票回北京。"

"有意思。"方玲玲忽然停住了脚步。

"我说你。"她盯着我。

"什么?"

"没什么。好好的。"

我们就此分别。

09

Donne 博士突然宣布结束对海驴的观测。

"我的梦想是当一个海滩救生员。"他这么说。尽管这个决定令他的支持者们失望且伤心，但他说自己"绝不会动摇"。

"从某种程度上说，我认为这是海驴送给我的礼物。"

他将于明年春天开始接受正式的救生员培训。

▶ 我人生中最后的贫穷时光

常言说道"莫欺少年穷"，但是，当我自己人生第一次落到一贫如洗的境地时，已经二十七岁，实在算不上什么少年了。

而且那时候，我有一个比我还穷的男朋友。

在变得那么穷之前，我们都是普普通通的白领。他在一家建筑皮包公司工作（原话），我在机场做客桥，每天的工作就是在飞机停稳以后，把廊桥和机舱口连接起来。

换句话说，我们都是这个城市里普普通通的年轻人。既不富有，但也说不上特别穷；既不快乐，但也没得上抑郁症；工作既不特别积极，但也绝对称不上敷衍——一句话，我们没有任何特别之处，但都在社会生活中诚实地扮演了自己的角色。如果没有男朋友（暂且把他叫 A），很多想要在城里做点小工程的人就会一时找不到单位挂靠；如果有一天我突然罢工，可能某些航班会延误旅客下机时间，因此引发一丝小小的骚动。但很快，跟我们类似的人就会填补我们的位置，世界绝不会因为我们的缺席有本质的不同。

我们开始谈恋爱的时候，两个人都失去了工作。

是我们失去了工作，而不是工作失去了我们，这样的表达我想比较准确。

一般来说，任何人处于我们当时的境地，理性的做法是找一个有工作的同伴，用他／她的收入支撑到找到下一份工作为止——但当时的情况是，不知道哪里出了偏差。

不知道哪里出了偏差！我们被无形的命运之手牵引着走到了一起。

如果要我为那一段共同生活的时间选择一个形容词，毫无疑问最恰当的只有一个：穷。

说得再形象一点，我们穷得连避孕套都买不起。

当然也不总是如此。虽然没有了工作，但我们理论上还有些收入。他做些什么我没太搞清楚。我自己则是帮一个广告公司设计海报。我的一个大学同学进了这家广告公司，听说我失业了，就外发些设计的活儿给我做，我说"可我不会用设计软件啊"，他爽快地一挥手："嗐，反正别人也不一定会，你觉得呢？"

我觉得呢？在那段时间里，我失去最多的恐怕就是这种"觉得"的能力。不仅感觉不到其他人生活的方式，甚至对生活在自己身边的人，也逐渐失去了实感。工作不顺心的时候老想谈恋爱，总觉得如果恋爱起来，其他的一切都会跟着变好。在这种心理的支配下相过很多次亲，也谈过不少恋爱——这种行为在我和 A 认识以后才算停止。

A 是怎么落到跟我一样地步的呢？我没问过他。但是我们那时候都穷得叮当响，这是确切无疑的。世界上的贫穷有很多种，分配到我们头上的，是一种茫然又无辜的贫穷。审视过往的人生，我们什么都没做错。我们按时接受了应该的教育，该考的证书一个没落，甚至还有富余。该工作的时候我们就找到了工作。我们对待工作的态度和其他一般人没有不同，适度奉承领导，从不拒绝加班，还都分别评上过一次年终先进。

事情怎么会变成这样呢？

和 A 相遇的那天，我刚失去工作不久。从航空公司的宿舍搬了出来，搬到了市中心。在郊区住了四年之后，我决定必须得住到市中心。当时我觉得很快能找到一份工作，回想起来，当时对生活的那种盲目乐观，正是导致贫穷的根本原因之一。

但是当天天气很不错，公车上人很少，一路上都是绿灯，我舒服地坐在位子上，看着街景，心情愉快地接受了命运安排的、与 A 的这段恋情。

那天我们一起散了很长时间的步。在一座新修的桥上，我们驻足停留。天气真是太好了，甚至感觉这是我们有生以来遇到的最好天气，干燥、凉爽，阳光是纯粹的金色，空气极度透明，站在桥上，能看到平时看不到的远方。不，还不光是这样。那天，当我们牵手站在桥顶，定睛远眺，那一瞬间我仿佛看到了全新的生活，比我们过去所过的生活不知光亮多少倍。这一切，我相信他也感觉到了，因为他握住我的手指略略用力，转过头，用一种满怀憧憬、几乎是热泪盈眶的眼神，殷切地凝视着我。那种眼神，我还是平生仅见。那种眼神我一生中只能看见两次，但当时的我哪里能知道这么多呢！

现在——在与他分别以后的现在，回想起来，当时看到的一切仍然历历在目：笔直洁净的街道，道旁的高树在微风的吹拂下，绿叶飒飒作响；车道上的车不多也不少，匀速安静地驶过；自行车道上驶过戴着头盔的选手，行人道上走着的人们莫不衣着光鲜、喜气洋洋，目光所及的一切，无不高远、明亮。但转念一想，当时的我们，就好像在看着一幕定格的电影，因为意识到这一切必将消逝，所以格外贪婪地注视着，恨不得将自身投入进去——但自己终究不是那风景的一部分。

穷日子不好过。

相比之下，是否幸福倒并不要紧了。我从市中心的单间搬到了他的住处，几乎到了城市的最北边，这个决定让我损失了一个月的押金和半个月的房租，外加一笔搬家费用，这些钱在当时看来非得损失不可，并且似乎不是关键性的。然后，这样不关键的事情一件接一件地到来了。先是一个必然得手的面试泡了汤，一笔在望的款子落了空，一项一项的花费却不能省。终于有一天，我们连预交电费和煤气费都得比着最低金额来，这时候，贫穷已经从我们的脚后跟缓缓淹没到了头顶。

"怎么办呢？"

"不知道啊。"

"总得赚钱啊。"

"是啊。"

虽然这么说着，但是，钱却变得越来越难赚了。累死累活好歹做出的设计稿，同学那边说"很好很好"却没有了回音。想去咖啡馆、快餐店应聘，但住的附近没有这样的工作。坐了两小时车找到了一份，第二天却没起来床。当然没起床只是借口，真实情况是：我不想去做这份工作。

同理，不想去做的工作还有发传单、房产中介、快递、超市理货员。

这么说吧，虽然我们之前的工作未必比这些工作复杂（甚至更简单），但我们无法克服对"成为体力劳动者"的恐惧。不如直接说了吧！虽然当时我们的情况，距离社会最底层只有不到0.01毫米的距离，但是，如果我们真的去做了这样的工作，那就毫无疑问，结结实实地一屁股坐到了底。

"做些什么呢？"

"不知道哇。"

说起来，那段无所事事的日子明明应该是享受性爱的最佳时期，但当时，萎靡不振的我们却连做爱的兴致也没有。当然，当时的我们并没有觉察到。那段时间，因为只剩下聊天这项不花钱又不费力的娱乐，所以我们几乎把彼此的人生都聊了个底儿掉——连他最后一次在教室里憋不住小便尿了一地这种事我也知晓。

"你大学没有谈过恋爱？"

"没有，谈恋爱哪有打游戏好玩。"

"那你……"

"撸。"说毕又补充一句，"男生都这样。大部分。"

"哎。"

"你大学的时候……"

"没有。谈过，没睡。"

"睡过老男人吗？"

"……睡过。"

"多老？"

"当时四十岁。"

他做出一个要吐的表情："是你上司？"

"才不是。我怎么会干那种恶心的事。"

实际上恰恰是的，对方正是我的领导。但不知为什么，这件事不想对他讲。

聊天聊困了，也不打招呼就呼呼睡去。如果 A 先睡过去我会很气恼，但大多数时候——我是说大多数，都是我先睡着。

跟 A 认识的时候应该是秋天，初秋或是深秋记不清了。

冬天很难熬。A 的住处虽然简陋，暖气却给得很惊人。我们有一个温湿度计（前任房客留下的），经常显示屋里的温度已经31 度，我们总要趁着空气好的时候开窗给屋里降温。但是那年冬天的雾霾天却占了整个冬天的 78.2%。这个数字是一份权威的报纸正式公布的，然而小数点之后的数字是怎么计算出来的，我却始终没想通。

话说回来，那个冬天。存款是在春节前后用完的。过年了，工作岗位开始松动，我们每天都发出很多份简历，也逐渐收到一些回音。我们甚至还大着胆子投了一些"主管"的职位，尽管无论从哪一个方面看，我们都不符合要求。

财务主管、运营主管、产品经理。

不管什么工作，得先找到一份工作呀。

同时我们开始在网上出售自己的闲置物品。所有的东西都一股脑儿标上网，大多数都是没用的废物，但最后成交的都是自己喜欢的东西。

我卖出了一件羊毛大衣、一条羊绒围巾、好几条真丝裙子。他卖出了一副雷朋太阳镜和一对高级羽毛球拍。因为害怕东西卖不出去，我们把所有商品都设置成"包邮"。一个在新疆的人买走了我的一双靴子，邮费我就付了80块。那是我比较好的一双靴子，没卖出去的一双，在某次穿出去散步的时候，忽然发现鞋底从中间裂开了。

形象地说：彻底断成了两截。正如无可挽回的婚姻。

"还能修吗？"

"不能了吧。"

"怎么回去呢……我背你吧。"

"不要。"

两人的关系或许就是在那一刻有了裂痕。也许裂痕早就存在，只是之前还能一再躲避，而那一刻开始只能面对了。我死活没让他背我，一瘸一拐地走了回去。回去以后倒头就睡。迷迷糊糊，他叫我起来吃晚饭也没理，不过在真正睡着之前倒是想起来，那天本来轮到我做晚饭的。

之后的事情就跟做梦似的了。他问我，面试怎么样了。我说我还没收到面试通知，他说，他收到了两个年后的面试通知。"等找到工作给你买新靴子。"这句话并没有让我有任何的感动，实际上，我根本没放在心上。这段时间我们给自己许下了很多承诺。"等拿到这笔钱就去滑雪。""等把这个东西卖掉就去报个设计班。""等找到工作就去吃顿好的。"就好像这样的许愿能给生活带来好运，然而许愿的事项一个也没有实现，这种对好运的企盼只会让心情更加不安。在这种不安之中，有种更重要的东西流逝了。这可能也没什么要紧的，因为，人生，总之就是流逝啊，难道不是这样？但在当时，这种不明所以的流逝让我们一天一天更加焦灼。

我发烧了，可能是因为穿着断裂的靴子在回家的路上踩了雪水，也可能是别的原因。这一次，他没有劝我去看病。失业的一开始我们还坚持自己找公司代缴医保和社保，但是，就在这个月，我们拿不出钱，保险费也断了。家里有现成的感冒药，但我拒绝吃。最后，我指责他把自己的耳机、手柄和望远镜标了太高的价钱，故意让人不买。而这几样东西都跟靴子不一样，是生活里根本不需要的。

我醒来的时候他对我说："春天到了哦。"

一开始我以为他是跟我开玩笑，或者是在说什么反话。但是忽然我意识到他在说真的。春天到了。我小心翼翼地下了床，却发现这种小心没什么必要。尽管病来势凶猛，难受得令我辗转反侧，好得却也非常彻底，身体的各项技能"叮"的一声，一下回到原位，我站在半开的窗前，丝毫也感觉不到寒冷，外面春光明媚。

春天就是这样到来的，在我昏睡的时候，大风吹散了雾霾，然后，又是一阵猛烈的升温。打开电脑，门户网站欣喜若狂地弹出关于春天提早到来的消息，这让我想起我们最后一笔整钱就是续缴了上网费。桃花提前开放,景点人山人海。自然达人们纷纷在自己的主页 PO 上各种植物的照片。寒苦的冬天一下被甩到了身后。

在这种季节里,该如何继续生活呢?我打开邮箱,从一大堆广告邮件里查看有没有面试消息。但是忽然,我意识到这样做毫无意义:在我的一生中,可能只有那一秒钟是真正神志清醒的,我清楚地意识到,此刻,就在此刻,生活里已经有一种最珍贵的东西被我得到,此后的我可以完全无欲无求。但那份清明只是一瞬,没有任何好消息,我关掉了邮箱。这时候 A 对我说:"出去吃点好的吧。"

好啊,可是钱呢?

"我有钱。"A 说。

我没问他钱从哪儿来,也没问他吃什么,穿好衣服就跟他出了门。我们早就习惯不打车去任何地方了,不过,这个他要去的地方在哪儿,我却越来越摸不着头脑。走了大概半个小时,天黑了下来。他问:"你冷吗?"我摇摇头。

"方向错了。"他忽然这么说。然后,指了指前面。

前方是一座非常大的立交桥。

"方向，我们方向错了。"他肯定地说，指着那座桥，"现在，要从桥上翻过去。"

我什么也没说，跟在他后面开始翻桥。一开始这样做并不难，但是，慢慢爬上桥头，却感到风大了起来，必须用整条胳膊狠劲地攀住护栏，才能不被吹走。好不容易翻下了护栏，一辆车刷的一下，贴着我开了过去。

在另一边的护栏上，他已经开始向下翻。这时候，似乎发现了我的犹豫，他松开一只胳膊，做了一个"过来"的动作。

我拽紧了衣服。一辆又一辆车飞速地从我眼前开过，气温越来越低。他在护栏上停了一阵——说不清楚是多久，可能不超过三十秒，因为时间再长就一定会冻僵了，最后，他似乎做了一个放弃的手势，继续开始往下爬。

他的身影消失以后，我转过身，沿着上来的路，慢慢爬下了那座桥。然后我回到我们的出租屋睡了一晚，第二天早晨，他没有回来，我也就收拾（剩下的）东西，离开了那里。

奇怪的是，自那以后，我开始时来运转。首先是那位同学，忽然打通我的电话，把之前的设计费都付给了我，金额还比我预计的多出好些；跟着，我应聘到了一家建筑公司，开始给楼盘画给排水系统，这份工作，就算一开始有什么困难，很快我也就能胜任无虞，因为，这正是我在大学学习的专业。

我步入了三十岁，获得了升职和事业上可靠的名声。一家别的公司来挖我，开出慷慨的薪酬邀我去做主管。但是我并不想接受他们的邀请，我想和我的男朋友一起开一家建筑设计工作室。男朋友是个建筑师，我们的感情非常稳定，已经见过父母，马上就要结婚了。

婚前的某天，男朋友约我去一家新开的餐厅吃饭，顺便看看他挑选的工作室。我开着车，顺着导航的指示走，但走着走着却感到有点不对劲。车开到了一座高架桥上，我忽然有点不舒服，小心地把车停到了路边，几乎紧靠着护栏。

我打开车门，整个人迎着风。说不清楚这是什么季节，只看到一辆辆车从我身边驶过，很多车都比我现在开的车要好。我感到一阵伤感，这阵伤感却不来自我身体内部，而是来自风中。这时，我记起了一种眼神，在一年春天，曾经隔着车流热切地投注在我身上，仿佛在说："跟我过来吧！只要过来，一切都会好，就会找到正确的方向。"我走到路的那一边，将身体尽可能地探出护栏，但是，什么也看不到，也听不到。落在耳畔的唯有呼呼的风声。

Part 3

好久不见

▶ 我一直在等你

01

阿佳是在八岁那年发现自己不太像个女孩子的。那一年，班里要跳团体操，老师要求女生都穿白衬衫蓝裙子，阿佳发现自己没有一条裙子。这件事并没有给她带来太大的困扰，因为她很容易就以肚子疼为借口缺席了。老师并没有找阿佳的麻烦，一是因为她成绩好，二是她个子太高，吊在女生的队尾显得非常突兀，也就是说，如果她不缺席，反而是一件更头疼的事情。阿佳穿着长裤短裤念完了小学、初中，品学兼优。初中的时候年级里开始有一些传言，流行在一些爱打扮、成绩不佳的女生中间，说阿佳是个同性恋，这种传言对十四五岁的孩子是非常残酷、恶毒的，但这种事情又不能向老师告状，阿佳只能忍耐。

这件事情导致了阿佳在以后的岁月里都难以跟女生群体保持良好的关系。幸好这个流言在初三那年，就像兴起得莫名其妙一样，也莫名其妙地停止了。阿佳顺利地考上了重点高中，高一的暑假，她个子长到了一米七四。这时候家里人开始讨论，这么高的个子，将来不好找朋友啊。阿佳只觉得这是杞人忧天。高二那个暑假，爸爸带阿佳去测了骨龄，测出来的结果是阿佳可以长到一米八。"阿佳要不去当模特吧。"爸爸这样说，好像是宽慰的意思。模特吗？阿佳之前完全没有想过。那天晚上，她生平第一次认真地照了镜子。长手长脚，髋骨突出来，脸上的颧骨也突出来，这么一照，阿佳就想起了自己过去不照镜子的原因：她实在不是一个美人。

然而，就是在那年测过骨龄之后，阿佳就再没长高过了。这件事情多少有点诡异，但发生得自然而然，就在高二快要期末考试的时候，奶奶忽然喊了一句："阿佳今年是不是没有长？"再拉到墙边一量，果然，还是去年画过记号的地方，一米七四，连一毫米的差距都没有。家人有点庆幸，但又有点遗憾，相比一米八，一米七四当然没有那么难找朋友，但是又不像一米八那样，可以说拥有了身高的优势。阿佳以后就是一个普普通通的高个子女孩了，除了头脑很好用之外。高二下学期她为了高考加分，参加了一次作文比赛，拿了一个二等奖，可以去上海参加夏令营。

阿佳是那个夏令营里最高的女孩子。

"你是这个夏令营里最高的女孩子哦！"几乎每个人都这么对阿佳说了一遍。

但是这丝毫不让阿佳觉得是夸奖，原因很简单，那一年，她开始发胖了。

就像之前所有吸收的能量是用于长高，但随着长高的停滞就用于长肉一样，阿佳在一年的时间里胖了将近二十斤。现在谁都不会说她可以当一个模特了，事实上，她更像一个运动员。

但是唯有韩冬冬的那一句对阿佳是特别的，他对阿佳说："你是这个夏令营里最高的女孩子哦。"那时候，阿佳正因为发生了一件不愉快的事，需要一点鼓励，一点安慰，而他说那句话的口气，就恰好像是一句鼓励、一句安慰一般。

至于那件不愉快的事情，大体而言是这样的：

夏令营的成员都是作文比赛的获奖者，但却按照名次分为两类，一类是一等奖，可以获得高考加分的，一类是二等奖，不能。并且二等奖来参加夏令营还是要缴纳一定费用的，这是为了控制参加人数和平衡成本。阿佳很快就发现，她是唯一一个来参加夏令营的二等奖。

这种事情也是显而易见的，或者可以这么说，在数十名二等奖获得者里，缺乏自尊心或者敏感度的只有阿佳一个人。

所以，阿佳在刚进入夏令营的时候就感到了一种奇怪的氛围。

"哦，二等奖啊。"尽管没有在额头上贴这么一张纸条，所有的人却几乎是同时知道了这个事实。而阿佳则继续着一种懵懂的心态。二等奖没有什么不好的，虽然不能获得高考加分，但是对阿佳来说，这本来就是一件超出期待的好事啊。在被问到为什么要参加这次竞赛的时候，她很老实地回答："是为了提高作文水平。"结果，旁边的人面面相觑，好像阿佳是一个闯进聪明人圈子里的白痴。后来，在夜谈会的时候，阿佳跟一位一等奖获得者、长得也非常漂亮的女生阿霞询问："你最近在看什么书？能不能推荐我几本好书，能帮助写好高考作文的？"

阿霞一下就站了起来："如果你心里想的还是应试作文的话，为什么还要参加这个比赛？这个比赛本来就是为了反对应试作文才存在的！"

说完，她把手里的一本书——后来阿佳看到是一本弗吉尼亚·伍尔芙的小说，拍在桌上，转身走了。

阿佳当时就惊呆了。

旁边的人为她说话的一个也没有。

那天晚上阿佳跟谁也没说，自己偷偷地收拾了行李，打算一早就去车站，无论买不买得到票都要离开这里。她的计划差一点就成功了，事实上，她已经扛着箱子偷摸走出了宾馆。宾馆前破旧的马路被晨曦笼罩着，在路口，她伸手想要拦住随便一辆什么车，这时候韩冬冬叫住了她："阿佳！"

原来他一早就注意到了她，尤其是经历了昨天晚上的一场小型羞辱之后。不过，他差一点也没有拦住她，如果不是他有晨跑习惯的话。之后他拽住她说了好多话，因为他说得快，也因为他的福建口音，阿佳有些也没有听清楚。但是这些话事后回想也没什么意义，总之，最后他说了一句："你是这个夏令营里最高的女孩子哦。"

韩冬冬帮阿佳扛着行李箱回去了。两人轻手轻脚地在宾馆的走廊里道别的时候，所有的人都还没起。夏令营还剩下五天，但是这五天对于阿佳来说，已经完全不一样了。这倒不是说她跟韩冬冬之间发生了什么，事实上他们之后连话都很少讲。后五天里阿佳的同伴是一个个子娇小、略略有些龅牙的女生楚楚（笔名），她也是一等奖获得者，却对阿霞愤愤不平："为什么我们就只是加分，她就可以保送复旦？"阿佳没有作声，但是楚楚接着说，"只有韩冬冬保送我没话讲，他的确是个天才。"

是这样。阿佳这才注意到，韩冬冬和阿霞是走得格外近一些。

他们才是一个世界里的人。之后的事情就是夏令营结束啊，大家瞒着指导老师偷偷地去买了各种酒，在最后一天晚上喝了个烂醉，男生女生互相拥抱成一团。不过阿佳一滴酒也没有喝。第二天她大早起来，留了纸条给指导老师，自己就拖着箱子去了车站。走到路口的时候，她略微地等了一等，但是这一次，韩冬冬没有来拦她，没有。

阿佳回去之后做了一件事，就是坚决要求转到文科班。"你的成绩是可以上清华的！"老师痛心疾首地说，"文科读了有什么用？可以改变这个世界吗？"老师不知道的是，阿佳的世界已经改变了。

改了文科以后的阿佳再也没有考进过年级前十，不管她怎么起早贪黑、悬梁刺股，好像也跟人差着距离。报志愿的时候阿佳不考虑上海，那就去北京吧。为了保险，她报了提前批，成绩还没出，档案就被青年政治学院提走了。

结果成绩出来，阿佳的分数高出北大十二分。

没有什么好说，命运可能就是这样决定的吧。阿佳拖着行李一个人去了北京。报到以后她就去了图书馆，借了一本伍尔芙的《到灯塔去》，结果没看几页就哭了。

不是因为伤心！是因为，伍尔芙的小说真是太难看了！如果反对应试作文的成果就是写出来这样的小说，那有什么意义啊！

简直是被耍了啊！阿佳把书扔在一边号啕大哭，被图书馆的老师赶了出去。

02

据说每个大一新生对大学生活的第一感受就是幻灭（清华、北大的除外），阿佳就还好，她只幻灭了大概一个星期，接下来就感到十分惬意。大学的课程量相比高中来说简直是天堂，阿佳觉得自己多出了数不清的时间，可以去学生会、去打工、去做无论什么事情。学生会的各个团体都非常欢迎阿佳这样一个新生，因为她看上去既开朗，脑子又聪明，干活也十分麻利。不过，阿佳很快就退掉了各种社团，只留下一个文学社。她大二的时候就成了文学社的副主编，倒不是大家认为她写得多么好，而是她为人可靠。文学社的刊物需要跟学校要经费，要自己去联系纸张、盯排版、校对、印刷，这些活儿阿佳一个人就能全部干好。大概还是因为个子高、身体的分量也足，阿佳做起事来仿佛有无穷无尽的精力。杂志运到学校里，她穿着牛仔服，戴上一双跟印刷厂工友要来的白棉纱手套，呼啦呼啦把六个沉得要死的纸箱搬上宿舍楼，拆包，一本本擦干净上面的纸屑，分发到各个宿舍去。然而，大三的时候，文学社再次换届选举，阿佳还是副主编。主编是中文系一个长发及腰的女孩子，她不仅会写诗歌和小说，还会弹吉他唱民谣。

那就这样吧，这又算什么大不了的事哪，阿佳只能这样想。难过，却无法哭出来，甚至觉得要哭都是一件丢人的事。为了比不过别人而哭，阿佳模模糊糊地知道，这种事情在自己身上，是永远不可能发生的。甚至这种难过也只持续了一个星期左右，接下来的日子，阿佳买了一台新电脑，也顺理成章一般地接下了杂志排版的活，然后又是校对、跑印厂……大家说起阿佳来的时候都满怀钦佩："那个女孩子，个子高高的，真是能干！"就像他们说起那位主编来，虽然不住地摇头叹气，但是对她的才华都满怀钦佩一样。

那天，阿佳去印刷厂的时候，本来是要跟文学社的一个男生一起去。但是在公交车站等他的时候，他却发了一条短信来，说去不了了。印刷厂在远郊，几乎已经到了河北，唯一的公交车四十分钟才来一趟。时间已经是下午三点钟，阿佳完全没有选择地独自上了车。到印刷厂的时候，六百本杂志已经全部印好也打包好了，阿佳一个人站在六个大纸箱面前。怎么办呢，她的心里很少有这种无助的感觉。这时候有人喊了一句："阿佳！"

听到那个声音，阿佳全身都抖了一下。眼泪哗一下流出来，阿佳没有转身。

"阿佳！"韩冬冬在她身后，用力拍了一下她的肩膀。

"你不要哭啊，我来想办法。"他很快就搞清楚了状况。他也是来印厂拿杂志的，跟他一起来的还有一个男生。他们学校的杂志印得少一些，原本打算一个人提两包，坐公车回去。但是加上阿佳的六包肯定就不能这么干了。"这样，印厂本来就有送货的车子。我去谈谈看，能不能算我们便宜一点。"他跟送货的车子一起回来的时候，阿佳已经收干了眼泪，心情也平复下来了。

"你不是去复旦了吗？"阿佳问他，他有些惊异："怎么，你什么都不知道吗？"原来，那一届的作文比赛，后来因为某些原因，不仅取消了保送，连所有的加分也都取消了。他临时又准备高考，上了北京一所很普通的学校。"你读的什么系？"阿佳回答："新

154

闻。"韩冬冬笑了:"我读的国际金融。"他笑的时候好像有一片阴影滑过脸庞,但是又很快消失了。他没有在夏令营时那么喜欢说话了,回学校的一路上,倒是跟他一起来的那个男生在说个不停。阿佳也没有说话。一开始,她还有些紧张,害怕他问一些她不知道该怎么回答的问题,比方说为什么回去之后就跟大家再也不联系了,为什么本来是理科生却学了新闻,最害怕他问的就是为什么要参加什么文学社。但是他一个字也没有问。这么久不见,总该说些什么吧,那么,就等到下一个路口,至少问问他现在看什么书吧。然而,一直等到过了十几个路口,阿佳的话都还没有说出口。

"到了。"司机说。阿佳吓了一跳,才反应过来到的不是她的学校。车子猛地一刹,阿佳的心好像要跳出胸腔外。"我最近在看……"她的话才喊出来半句,那个男生忽然捶了韩冬冬一拳:"你女朋友在校门口等你哦!"阿佳几乎是条件反射地往校门口看了过去,那儿站着一个女生,穿着一件红色的羊毛大衣。

是阿霞。

"你小子,还不快下来!"男生把纸箱运下车,对车里做着鬼脸。韩冬冬跳下了车。但是,他没有立刻走向阿霞,而是叮嘱这个男生："你一定好好把她送回去啊。"又走到车门旁边来问阿佳："你刚才说什么？"

"没说什么。"阿佳说。这时候司机已经重新发动了车子。男生上车，用力地一下子就拉上了车门。"师傅走吧！去青年政治学院。"他欢快地喊道。

03

大四那年奇怪的事情是，阿佳忽然又长高了两公分。

这件事是毕业体检的时候发现的。不过在那之前已有征兆。那一年工作不好找，虽然阿佳一直都拿一等奖学金，想进的报社却一直都进不去，最后去面试一家做非金属材料的央企，自己本来觉得希望不大，却几乎当场就被录用了。面试官好像是个领导，话也讲得很直接："个子高的女生看上去有气势，别人不敢欺负。"又问阿佳，"你多高？"阿佳回说一七四。"肯定不止。"那个中年男人摇摇头。于是阿佳毕业体检的时候特别注意了一下身高的数字：一百七十六公分。

一七六能改变什么呢？什么也改变不了。阿佳听说阿霞要出国，韩冬冬也要跟着出去。她还听说，其实之前阿霞凭着家里的关系，还是可以保送复旦的，但是她放弃了保送，跟韩冬冬一起考到了北京。大家都羡慕韩冬冬有这么一个漂亮又痴情的女朋友。还有韩冬冬本来读的也是新闻系，但在阿霞的要求下转系到了金融，就是为出国做准备。但所有这些她都不是听韩冬冬自己说的，而是听海涛说的，海涛就是那个送她回学校的男生。那之后他也一直跟她联系，还约她去爬过几次山。北京的山真没什么意思，而且阿佳从来不把爬山看成是休闲娱乐，她只要站在了山脚下，就会闷着头一直往上爬到山顶，中间连水都不会停下来喝。宿舍里的人提醒阿佳，说人家这是在追你，可阿佳也没有任何感觉。她并不讨厌海涛，也愿意跟他一块儿散散步，可是，如果他是在追她，总会有点其他的表示？事实却是什么也没有。

阿佳还在困惑着要不要干脆回绝他，这时候，他却转头开始追阿佳宿舍里的另外一个女生。这一次是追，阿佳倒是很容易地就看出来了，因为送了花，还当着大家的面牵了手。那个女生对阿佳有些抱歉，不过她也说："阿佳你这个人吧，就是不太好追的样子，男生都被你吓跑了。可能因为你太高了吧。"那么，什么样的女生才叫好追呢？阿佳想问，但却没好意思问出口。那个女生不久也跟海涛分手了。"因为我只是想在毕业之前谈一段互相温暖的恋爱而已。"阿佳不知道，海涛是不是也是这么想的。也许这并不重要吧！

马上就要毕业了。所有的人都在忙着聚会，聚会的时候喝各种各样的酒，然后吐在路边。阿佳也喝了酒，可是并没有喝醉，大概是因为个子实在太大，酒精在她身体里稀释得比较多，难以发挥真正的影响力。阿佳总是负责把宿舍里的女生一个一个扶回去，不仅如此，她还帮她们打包行李，还给她们把行李送到学校规定的地方去托运。终于把她们一个个送走的那天，阿佳把宿舍里的两张桌子拖出去，把地板擦得干干净净。晚上她就一个人坐在窗台上看月亮。

这时候有人敲门，"咚咚咚""咚咚咚"。阿佳吓了一跳，一想大概是管宿舍的阿姨，就跳下窗台，鞋也没穿，去把门打开。门口站着的人却是韩冬冬。

他喝了酒，手里拿着一本什么书，一进来就塞进了阿佳的怀里。阿佳就着月光一看，倒吸一口凉气，那是那次去印厂，她拿回学校的文学社杂志。

韩冬冬什么时候有了那本杂志的呢？阿佳最终没有问，韩冬冬也没有说。那期杂志上有阿佳的一篇文章，整体上写的是景色，关于春天。

阿佳写到早春里的雾，还有她穿过这片雾去给全家人买早餐，回来的时候，把热乎乎的包子藏在衣服里，整个人都被雾气打湿了，但是想到回到家，就可以喝到煮开的牛奶，一边喝一边吃包子，也还是很高兴。那片雾越来越浓，浓得就跟白色的牛奶一样，有一次，阿佳在雾气里迷了路，只好想着家的方向，迈开腿拼命地跑起来。就写了这么一件事。"这篇文章……好吧。"差一点没有通过发表，但最后，大概是看在她办杂志的辛苦劲儿上，还是给发了，就夹在中间，小小的一篇，题目也没有放在封面上。韩冬冬有没有看到这篇文章呢？他应该是看了，因为，杂志就打开在那一页，窝成一个圆筒，但是，他没有说好，也没有说不好。他还带着一瓶酒，他只比阿佳高一点点，却一下就把阿佳抱上了窗台。两个人对着瓶子，你一口，我一口，就这样沉默地看着月亮。眼睛开始变得模糊，月亮像蒙上了一层薄雾。说点什么吧，在内心里，阿佳这样祈求着，也一直在等着韩冬冬开口。他却贴近她的脸，吻起她来。

第二天早晨，阿佳把韩冬冬摇醒，他看上去一脸震惊，还有些懵懵懂懂。"你赶快走吧，宿舍阿姨待会就要上来了。"阿佳的宿舍就在二楼，韩冬冬可以从窗户翻到一楼的防盗网上，然后跳到草丛里。韩冬冬似乎有些错愕，还没有完全理解阿佳的安排，但还是乖乖地照做了。阿佳看着他伸长腿，稳稳当当地踩到了防盗窗的顶上，然后，又稳稳当当地落到了草丛里。阿佳等着他抬起头来，对自己说声"再见"，可是，他没有。

接下来的几天阿佳十分忙碌，户口、档案、单位的报到、培训、各种手续，几乎连喘气的时间都没有。几乎是下意识地，阿佳无论是在公交上、地铁上，没办法做什么事情的时候，总觉得手机响起来了，可是拿出来一看，却总没有。好不容易都安顿好了，阿佳决定，还是应该去找一趟韩冬冬。她坐车去了韩冬冬的学校。

一路问过去，她很快就找到了韩冬冬的宿舍。可是，她却不敢在宿舍门口等。这时候，她觉得自己高大的个子是一种障碍，简直是一种痛苦，她觉得只要自己往那儿一站，所有的人马上就会注意到。这个傻乎乎的大个子姑娘来这里干什么呢？她是要找谁呢？都快要毕业了，还有什么大不了的事，一个女生要来男生宿舍呢？她只能远远地，站在一个自行车棚里等着。跟他说吧，阿佳想，跟他说一直以来对他的心意，或者至少让他知道，那个晚上发生了什么……这一次不会再等了，只要他一出现，我就立刻走上去。

他出现了。

然后，一个粉红色的身影冲了上去。

阿霞穿着一条粉红色的裙子，冲进了韩冬冬的怀里。远远地，但是阿佳还是看得很清楚，她好像在哭着，而韩冬冬抱住了她，一下一下地，摸着她的头发。

04

之后的好几年，阿佳都没有跟韩冬冬有任何联系。

因为，她被公司派到了赞比亚。原来面试的时候说的，"高个子的女生别人不敢欺负"，是为了这个作用，阿佳算是知道了。不过在阿佳看来，这份考虑也是多余的，因为在那样一个工作环境里，好像根本没有被欺负的危险。公司在赞比亚建了好几座水泥厂，实际的活儿阿佳一样也插不上手，她只是行政人员，负责协调、汇报和给大家做饭。无论阿佳做什么，同事们总是毫不挑剔地吃个精光。大概就是因为这点，他们对阿佳也十分照顾。"毕竟咱们这儿好几年没派来过女生了。"听到同事这样感叹，阿佳禁不住咧嘴笑了，有生以来这还是第一次，她被人当作了女生对待，而且这感觉居然还不赖。新年晚会的时候，同事们专门派出一个人来，向阿佳请求："我们准备开一个舞会，舞会上你能不能穿一次裙子？"阿佳有些为难，但还是答应了。

新年那晚，阿佳果然穿了裙子。那是家人专门从国内寄来的，一条紫色的碎花裙子。大概妈妈想象中的阿佳就是这个样子。裙子上身的时候阿佳不禁哑然失笑，长短倒是合适，腰围却大了很多，阿佳不得不找了个别针，从背后把裙子别起来一截。这一年在非洲，虽然工作很清闲，但阿佳买了个相机到处拍照，走过了很多地方，不知不觉也就瘦了很多。现在，她几乎变回了发育前的样子，髋骨突出着，颧骨也突出来，晒得黑黑的，看上去倒很有异国风情。不仅如此，因为理发不方便，她也就让头发随便乱长，生平第一次，头发长到了可以用橡皮筋扎起来的程度。阿佳就扎着头发，穿着背后有一个别针的裙子，去参加了新年舞会。所有的人都夸阿佳漂亮，当然咯，因为这里很久没有派来过女生了嘛！然后大家一个接一个地，排着队请阿佳跳舞。就算阿佳不停地踩到他们的脚，就算手会碰到阿佳腰上那个大大的别针，或者他们有几个人的头顶才到阿佳的下巴，他们也一点不在意。等待新年钟声敲响的时候，一个年轻人站在阿佳的旁边。因为站得太近，阿佳不能不注意到。啊，这就是那个被派来请她穿裙子的人。钟声敲响了，这个人吻了阿佳。然后，他就像做错了什么事一样，面红耳赤地跑开了。

那天晚上，阿佳失眠了。那个吻到底代表着什么呢？有可能只是一种普通的新年礼节而已。毕竟这个世界上有着各种各样阿佳不明白的事，比如毕业之前谈一段温暖彼此的恋爱，比如……阿佳想起了那个月光下的亲吻，之前她一直让自己忘记这个吻，并且忘掉随后发生的所有事……那个吻究竟代表着什么呢？如果可以问问他……但是，无论如何，根据后来发生的事情，它就是什么都不代表。早晨的时候，阿佳迷迷糊糊地做出了这个决定：昨天晚上的吻，也什么都不代表。她应该起床了，还要给大家准备今年的第一顿早饭。然而，就在她穿好衣服，将跨出宿舍门外的时候，却发现，门口的角落里，摆着一束小小的、深紫色的三角梅。

阿佳跟那个年轻人结了婚，一年半以后，两人一起回国了。

05

　　阿佳是在排号买房的时候遇见楚楚的。当时，所有的人都在往里挤，阿佳挤在最前面。这时候有个女孩尖叫道："阿佳！帮我拿一个号！"那个声音听上去有些熟悉，阿佳想也没想，从那个负责排号的售楼小姐手里又强行撕了一张。

　　那个尖叫的女生就是楚楚。她就要结婚了，这次是来买婚房的。为了表达感谢，她请阿佳吃饭。阿佳问她老公是干什么的，她看着阿佳笑了，说："我老公你应该认识啊……"

　　阿佳的心一下就抽紧了。她接下来的那句话让阿佳松了一口气。原来，她的老公是海涛。

　　"是阿霞介绍我们认识的。"楚楚说，"你想不到吧，她大学毕业以后跟我进了同一家银行。"

　　"她不是出国了吗？"

　　"本来是要出国的，不过，临出国的时候，她爸爸出事了。怎么你不知道吗？这件事当时闹得还挺大……"

阿佳什么都不知道。之后楚楚还在絮絮叨叨地说着阿霞的事，她的声音里有同情也有明显的幸灾乐祸，可是阿佳完全不在意了。阿霞家里所有的钱都被作为赃款退掉了，还卖掉了房子。阿霞的爸爸还是进了监狱。韩冬冬……听到这个名字，阿佳一个激灵，楚楚却轻轻巧巧地说："他还真是倒霉啊。"

　　"怎么倒霉了？"

　　"他不会挣钱啊，成天被阿霞嫌弃，两人吵架，还喝酒。"

　　"他不是学金融吗？"

　　"是啊，不过毕业以后做了记者，然后好像报道什么事情被开除了吧，现在就在一家出版社混日子。"

　　那天回家的时候，阿佳恍恍惚惚地，做了晚饭也没有吃，躺在床上就睡了过去。半夜的时候她知道自己发烧了，同时开始不断地做梦。但是，她既没有梦见韩冬冬，也没有梦见阿霞……她梦见的是灯塔。

　　那是伍尔芙的灯塔。那本小说自始至终她就没有看完，估计全世界也没有太多人把它看完，然而在梦里它却成了一样重要的东西。灯塔，它代表你要去追寻的东西，那样东西其实没有任何意义，但你在心里就是放不下。所有的孩子都想去看灯塔，最后看到没有阿佳却不知道，这是因为她到底没有把小说看完吧，在梦里，阿佳既惭愧，又懊悔。

第二天早晨醒来，阿佳烧退了。走到餐厅里一看，昨晚做好的饭菜还原样摆在那儿，丈夫还没有回来。回国以后阿佳还是做行政上的闲职，丈夫却变得非常忙。因为他们在非洲的那两年过得太逍遥了，而在那段时间里，国内的房价却上涨了很多。说到房子……阿佳想到自己将来会跟楚楚和海涛住在同一个楼盘。她想了想，跟售楼处打了个电话，把排到的号退掉了。

在那以后日子过得很快，阿佳过完了二十六岁生日，二十七、二十八，这两年也飞快地过去了。他们从市中心的出租公寓搬到了市郊的高档小区。二十九岁那年，丈夫再一次升职，这次他们到更远的地方买了一处别墅。因为上班太远，阿佳把工作辞了。丈夫有了外遇应该是一年以后的事，但或许早就开始了，阿佳在这种事情上一向不怎么敏感。最后是丈夫提出的离婚，阿佳接受了。她搬出了别墅，重新在市中心租房。生活就像回到了原点，但又有什么东西再也回不去了。阿佳回了一趟非洲，为了看看那里的三角梅。只有在非洲人们才会深爱这种花，因为它即使在旱季也可盛放，然而在普通的、舒适的环境里，那几乎算不上一种什么花吧，阿佳想。她整理了自己在非洲拍的照片发到网上，有一家杂志向她约稿，除了图片还有说明的文字，写这种东西阿佳倒是很在行。过了一年，她在几家杂志上开起了专栏，又过了一年，有好几家出版社想要把她的专栏出成书。阿佳有时候在想，这中间会不会有韩冬冬那一家出版社呢，如果他知道了她要出书会怎么想呢，毕竟，他才是天才，才是那个应该来做这件事情的人，而阿佳写来写去也只会写一些风景而已。

然而，阿佳多想告诉他，那些风景是多么美丽啊！

06

阿佳的第一本书出版在她三十三岁那年，接下来，第二本、第三本也很顺利地出版了。

在这期间，她的奶奶去世了，妈妈得了一场重病，不过幸好最后安然度过。三十六岁那年她再一次结婚，然后，这段婚姻很快又因为她"其实并不愿意安定下来"而结束了。阿佳自己买了一间小公寓，追求她的男人还有不少，但她觉得自己并不需要结婚。无论是什么样的男人，无论一开始的时候怎么说，到头来想要的反正不是阿佳这样的一个女人，阿佳认清了这一点之后，对他们也就没有什么期待了。从一个编辑那里她听到了一点韩冬冬的消息，据说他离婚了，老婆去了国外，如今他带着孩子独自生活。听到孩子，阿佳的心里刺痛了一下，如果她自己有一个孩子……但是，如果有孩子的话，是不可能过上现在这种生活的，自由……可以去到想去的任何地方……阿佳觉得自己的生活里实在没有什么不满足的了。

再一次遇到海涛是在阿佳的一次签售会上，实在没有想到会在那个南方城市碰到他，他说自己来出差，看到书店外面有阿佳的海报，就顺便进来捧场了。

签售结束以后，阿佳不得不跟他喝茶，果然，他一坐下，就说起了当年阿佳退号的事。

"你就那么不想见到我吗？"他说，"其实，那件事，我对谁都没讲。"

什么事？阿佳眯起眼睛想了一会儿，那应该是很久很久以前的事情了吧，如果不是他提起，阿佳就再也想不起来了。那年，也就是毕业以后一个月，阿佳正在准备去非洲的事，突然间，真的是突然间，因为她的例假一向不准，她也没把这个当一回事，可是突然间就好像有什么预感似的，她去药店里买了一根验孕棒，第二天早晨，她发现自己怀孕了。

完全没有选择，她必须把这个孩子做掉。因为怀孕的时间还不长，阿佳在网上查了查，选择了药流。她自己去诊所买的药。然而，不知道是因为身体太好还是太弱，阿佳肚子痛了好几天，却仍然没有见到说明书上的"排出"。最后的结果是大出血，去医院做了清宫手术。

为什么在痛得意识迷糊的当时会选择给海涛打电话呢，是因为他"追"过自己吗？阿佳在手术床上，耳边响起了韩冬冬的声音，"你一定好好把她送回去啊"，也许就是因为这句话，觉得他是可以信任的。手术以后海涛好好地照顾了她一个星期，当然他旁敲侧击地打听着，但是阿佳就是什么也没说。他会不会告诉韩冬冬这件事呢？如果韩冬冬知道了会怎么想？阿佳听到海涛还在给韩冬冬打电话，她事先告诉他不要提到自己。但是他会不会忍不住偷偷告诉他呢，海涛从来不是一个会保守秘密的人……阿佳这样翻来覆去地想了一个星期，最后要去非洲的日子到了，海涛送她到了机场。"你真的可以吗？留下来吧。"海涛当时这样说，可阿佳的回答是，让他发誓死也不把这件事告诉任何人，死也不要说。

"我一直都没说。"

现在，坐在她面前的海涛这样讲。是的，那么韩冬冬永远也不会知道这件事，阿佳心里这样想着，面前的茶已经凉透了，她站起身来准备走。

"其实你喜欢韩冬冬吧。"海涛忽然说。

阿佳已经站起身，拿起了包。"算了，说这个也没用。不过，当时我们都知道。"

"我们"，指的是谁呢？是不是包括韩冬冬在内？阿佳到机场的时候接到海涛的微信。"那时候我也喜欢你啊。"他在微信里这样说。阿佳把那条微信删掉了。

现在说这些还有什么用呢？一生中的大半时间已经这样过去了。阿佳想起了从印刷厂回去的车上，她其实看到韩冬冬从纸箱外没有包好的杂志里抽出了一本……她看见他这样做了，却没有去问他，你会看我写的文章吗？你觉得怎么样？她好几次想给他打电话却没打，如果打过一个电话去，只问"你觉得我写得怎么样"，这不是太奇怪了吗？如果他觉得写得好，应该主动打电话来才对啊，可是，这件事一直没有发生。阿佳想起那个看月亮的晚上，也想起了非洲草原上的晨昏，想起了红鹳成群地飞起，遮住了太阳，而它们本身就像是从太阳中飞出来的一般灿烂夺目……阿佳想起了草原上的百合，在长雨季开始的时候才高高地长出地面，看上去就像明亮的灯盏，她还曾目睹过一队长颈鹿缓慢而优雅地穿过草原，怪异的身姿就像某种长茎带花的植物……如果当她看到所有这一切的时候韩冬冬也在场，那该有多好啊。这些事也许原本是可能发生的，只要……阿佳在机场的人群中好像看到了韩冬冬，但只是一瞬的工夫他就不见了。再说，如果是真的，他应该先看到她才对，毕竟她穿了高跟鞋，足足有一米八，是人群中最高的那个女人。阿佳过了安检，等待登机的时候还在想，刚才那个人不会是韩冬冬，他不可能出现在这里，因为他可能连出来旅行的钱都没有，就像别人无意中提到他时说的那样，他这一生已经完了……可是阿佳知道，他还没有完，既然她都能出书，韩冬冬一定能做出什么事情来，而且是更大、更了不起的事情……毕竟，谁知道呢？飞机迟迟没有起飞，广播里说，机场下起了大雾。阿佳一直等，一直等，最后她决定回去宾馆先睡一觉。走出机场一看，真的是很大的雾啊，白得像小时候喝过的牛奶，阿佳在大雾里迈开腿跑了起来。她一点也不困了，跑得越来越快，就好像知道自己要去什么地方似的。只要跑到那个地方，浓雾就会散去，阿佳这样想。雾果然渐渐地淡了。在雾的尽头有一个人影，稳稳当当地站在那里，就好像当年稳稳当当地站在草地上一样。阿佳跑近的时候，他喊了一句："阿佳！"

阿佳这才发现，自己手里还拖着箱子。

"阿佳！"他又喊了一声。阿佳停住了脚步。是韩冬冬啊……他看上去一点也没变。是的，他长出了皱纹，变老了，看上去很疲惫，就像一个被生活打败的中年人，他是一个中年人同时也是当初的那个少年。可是，阿佳想，我怎么跟他打招呼呢，还能说些什么呀，难道跟他说，这一生已经白白地过去，看上去做了无数的事情，可实际上什么也没有抓住，什么也没有完成，而这一切只是因为我们两个的愚蠢？

可她什么也没来得及说。因为韩冬冬说话了。

他说："我一生都在等你。"

▶ 这里开展代写情书业务

中学时代的我是个讨厌的优等生。

别问讨厌到什么程度了，真不好意思说。讨厌到登峰造极的一次，是班上男生趁着班主任出差逃自习课去踢足球，我阻拦无效后，直接把校长拽到了操场上。

这件事做得很傻我承认。尤其是踢前锋的就是校长的儿子。

那件事之后，我就成了众矢之的。

因为成绩好，是班长，班主任非常宠爱，所以倒也没明着受过什么欺负。但是暗地里的是少不了的。比方说，轮到跟我一起值日大扫除的时候，人总是跑得干干净净。

我会自己默默地把一大片公共区扫干净，卫生检查照样得优。

扫完公共区天已经黑了，顾不上吃饭想去宿舍换件衣服，但宿舍门已经被牢牢地锁上——加了一把锁。宿舍里有两个以上的女生暗恋校长儿子陈远。

我在门口站了一分钟，教学区那边的预备铃响了起来，抹一把眼泪，我往教室那边跑去。

满身是汗地到了教室，桌上摆了个饭盒。

"你还没吃饭吧。"同桌王大锤觍着脸对我说。

全班大概就他一个人不杯葛我了，因为他要抄我作业。我也会把作业给他抄，因为我不讨厌他。而且他也不踢球，因为他有点胖。在今天来讲的话，王大锤应该算个富二代，据说他家在邻近的县里开了几个煤矿。但是在当时，他只是一个略有些蠢笨、甚至讲话还有些结巴的少年罢了。

我打开饭盒，里面好像不是食堂的饭菜，是外面餐馆的小炒。我又想了一下，把饭盒重新盖上："我不吃。"

"为什么？"

"不能无缘无故吃人家的东西。"

"没有无缘无故给你吃呀。"王大锤挠了一下后脑勺，"我有事要你帮忙。"

"抄作业就拿去抄。"

"不是啦……"他看上去有些囧，"总……总之你先吃好吗？吃完我跟你说。"

我吃完的时候晚自习已经开始了。一节课五十分钟的时间，王大锤都好像在我旁边坐卧不宁。下课的时候我问他："你到底有什么事？"

"是这样的。"王大锤说。

他想让我帮他写情书。

王大锤喜欢上了一个女生。班花，就坐在我们前两排。其实班花长得不是顶漂亮的那种，但是个子娇小，讲话声音温柔，眉眼灵动，所以追她的男生很多。

"你希望不大喔。"我叹口气，"她好像喜欢陈远。"

"希望不大才要找你帮忙嘛！"王大锤说，"你……你帮我写一封情真意切的情书咩，作家。"

"这种东西我代你写好像不够真诚欸。"

"没关系，反正你写的都是我的心声。"

我终于还是代王大锤写了那一封情书，花了我半节晚自习的工夫。

"李芳同学，自从分来文科班，我就注意到你了。你是一个与众不同的女孩。"大概就是写的这么些东西。王大锤问我，要不要说一句"我想你想得饭也吃不下"，我大惊失色地否定了。

"李芳同学，我冒昧地向你提出交往的请求。我所说的交往不是像你想象的那样，我不敢对你有丝毫的唐突，只是想着你接受了我这个人，你的世界里有我的存在，我对你来说不再是一个平淡无奇的路人，就感到快乐。如果这封信让你不快，请忘掉它，但别恨我。因为我在这个世界上别的什么都不要求，就想让你快乐。"

这封信丢给了王大锤，他喜滋滋地看了一遍又一遍，从抽屉里翻了张信纸出来抄上。

第二天他跟我说，李芳约他放学以后在操场看台见面。

"去吧，祝你成功。"我鼓励他。

那天王大锤和李芳都晚自习迟到了，两人一前一后走进教室，神情都有些异样。

当时我们上高三。

高三，就是青春的荷尔蒙集中爆发、但又被强行压制的一年，在这一年里任何事情都可能掀起轩然大波。

第一次模拟考试之后，有同学退学了。这件事我还记得。我同样还记得的是，我们在炎热的中午趴在教室的课桌上做题，一个男生突然尖叫起来，把所有的书都从窗户里扔了下去。

在这种情况下谈个恋爱似乎无可厚非。况且当时所谓的恋爱左不过是在僻静的角落说说话而已。据说隔壁另一个文科班已经速成了好几对。还有一个漂亮的女生——好像叫林达，她是真漂亮，眉眼长得像外国人，外号叫苏菲·玛索，每天放学都会跑到我们班这边来等陈远。

我的情书业务就是在这种氛围下开展起来的。

自从王大锤和李芳走得很近了之后，关于"李芳是班长帮王大锤追到的"这个传闻不胫而走。没办法，王大锤这个人向来管不住自己的嘴。

和王大锤在一起一个星期后，李芳就换了辆变速单车。这种事情大家肯定都要议论，但王大锤不在乎。"既……既然都当了女朋友了就要对她好嘛。"王大锤挠着后脑勺这么对我说。他就是这么一个人。"对了，她……她生日快到了，你能不能再帮我给她写封情书？"

"不干。"我断然拒绝。

"我下个月每天给你买饭也不行？"

"不行。"

但我的第二笔业务还是很快就上门了。

找我的是林达。

我今天还记得她当时的样子。晚自习还没上课，我还在埋头做卷子。她穿一件短短的皮夹克，两条长腿就是那么高傲地晃啊晃，一直晃到我面前来。

"听说你情书写得很好。"

"你听谁说的？"

"我想请你帮个忙，好吗？"她就那么不容拒绝地在我身边坐下，坐在王大锤的位置上，"我要给陈远写封情书。"

"怎么你们不是已经在一起了吗？"我惊讶地问。

接下来的情形我真是怎么都想不到。

就那么一个美少女，刚刚还高不可攀的林达，坐在我旁边，沉默了一两秒，忽然就抽抽搭搭地哭了起来。她越哭越伤心，我手忙脚乱地给她找纸巾。

最后在抽屉的角落里翻出一包递给她，她接过去，抽一张摁住鼻子："他不喜欢我。"

哎呀。

"你写，你就写，我以前是很喜欢出去玩，但为了他我都可以改掉的。"林达抽泣着说，"好好念书我也会。本来我们家让我出国读大学，但我为了他可以留下来的。"

情书写好，我交给林达。她从书包里翻呀翻，最后翻出一个橙子给我："多谢。"

那个橙子很好吃，好像是进口食品超市里才有得卖的澳洲橙，我一个人默默地吃完了。

也就是在那天晚上，王大锤没来上晚自习。我记得很清楚，因为我本来想把橙子留给他一半。

过了两天，李芳虎着脸来找我："听说王大锤给我的情书是你写的？"

"没这回事！"

我矢口否认。

她用那种懒得跟我计较的眼神扫了我一眼："反正，你也帮我写一封吧。"

"啊，写什么？"

"就写别再纠缠我了，我压根就不喜欢他。听说过嵇康给山巨源的绝交书吗？就照那个写，怎么狠怎么来。"

不喜欢他，你还收他的自行车？但毕竟被人抓住了把柄，也就老老实实地写了。写的时候未尝不带着一丝恶意，让王大锤受一次教训也好。

"我知道你会好奇，为什么我不喜欢他还要跟他在一起。"李芳一边说，一边又忧伤又世故地翻白眼看天花板，"有时候我也觉得，得不到你爱的人的时候，找一个爱你的人也是很好的。但我发现我还是做不到。"

王大锤真的好几天没来上学。再一次来的时候，好像整个人瘦了一圈。

"收到了？"我担心地问他，毕竟是同桌，"其实你也别难过啦，她本来就喜欢陈远。连我都知道。"

"你闭嘴。"王大锤恶狠狠地说，"你什么都不懂。"

高三已经趋于疯狂了。第三次模考过后，我听说林达在上数学课的时候忽然大哭起来，并用圆规狠狠扎自己的手腕。

林达被送去了医院。其实我们当时都应该被送进去——现在我想。

我的情书代写业务停了很长一段时间。并不是大家都不谈恋爱不表白了，而是省略了写情书这一道过程。"再不相爱就老了！"有人在黑板报上这样写。教导主任疯了，召开高三全体大会，把班主任骂哭了两个。

我接到的最后一笔业务，是陈远找我的。

他已经三个月没跟我说过话，但杯葛行动据说是在他的反对下停止了。

"帮我写封信吧。"他直截了当地说，"写封邀请大家来看我们告别赛的公开信。"

"为什么要我写？"我摇头，"我不写。"

有一两秒的时间他没说话。他的个头当时就有一米八那么高，人瘦，脸长得轮廓分明。他眼睛很亮，就那样一直盯着我，让我觉得不自在。

"好吧我写。"我说。

那封公开信被陈远用毛笔字抄了一遍，贴在布告栏里。

"这是我们最后的疯狂。在以后的岁月里，会被我们无数次怀念。"

足球赛那天，下雨了。而且是瓢泼大雨。我撑着伞去了看台。其实这不是我第一次看他们踢球，以前，打扫公共区的时候，会远远地看他们在操场上训练。

看台上挤满了人。李芳在，王大锤也在，林达也在。后来他们都扔掉了伞，只有我一个人，固执地将伞柄握在手中。陈远好像进球了，好像滑倒了，这一切都没什么要紧。我只是牢牢地盯着球场，想把这一切都记在心里。

永远记在心里。

接下来就是高考。再接下来，高考好像也是遥远的事了。上个星期，微信群里有人召开同学会，说王大锤和林达从澳洲回来了，大家在北京聚一聚。

王大锤特意私敲我说："知道你不喜欢同学聚会，不过这么多年没见了，还是想见见你。"

我去了。其实，他不敲我我也会去。前次李芳和陈远结婚，我人没到，但是随了一份礼。我还是像中学时那样，是个讨厌的家伙——虽然已经称不上是优等生。

"你现在真的是作家了啊。"王大锤说，"你要记得你人生的第一笔稿酬是我给的哦！我一直看好你来着！"

当然，我还记得那笔稿酬。是高考结束以后，王大锤扔进我抽屉里的。

其实也不是钱，是很多邮票，还有信封。

做这么煽情的事，不知道他是从哪里看来的梗。

"写信给我。"他在一张明信片上说。后来我们也通过一些信，但是，那不是情书。从高三以后我就再也没有写过情书了。后来我也谈过恋爱，有过很喜欢对方、也感觉对方很喜欢自己的时刻。可是即使在那样的时刻，也没有人对我说，"我在这个世界上别的什么都不要求，只想要你快乐。"有的话只有在某一个时期才说得出口，以后任何时候再说都会觉得肉麻——我想是这样。

那天吃完饭，陈远和李芳对了个眼神，然后站起来说要送我回去。

"我们坐地铁好了。"他说，"李芳没喝酒，车子让她开回去。"

我们走向地铁口，一路上都隔着一米远的距离。突然，至少我觉得很突然，陈远开口道："你那时候很好玩的。"

"什么？"

"就很好玩啊。"他笑了，"感觉处处要跟我作对。"

"有吗？"我否认。

"有啊。"他坚持道，"我也处处要跟你作对。"

"那是很好玩吧。"

"是啊，年轻的时候嘛。"

"王大锤和林达在一起了，真想不到。林达那时候不是喜欢你吗？"

"嗯，我跟她说我有喜欢的人。"

"你喜欢李芳啊，那时候真是看不出来。"

"不是。"他忽然停住脚步轻轻地说。

183 /

那一瞬间我呼吸都要停止了。

"她拿给我一封情书，我一看就知道是你写的。"陈远说，"当时……不过说这些也没用，都过去了。"

都过去了。我感到心里一阵轻松。高三那年嘛，天气很热，人的状态都有些不正常。但那个夏天多雨，隔三岔五地下，来北京上学以后，我感觉这一辈子的雨，可能都在那个夏天落完了。

地铁站就快到了。我转过身打算跟陈远告别。

但是他站在原地不动。街灯太暗，他的颧骨下堆着阴影，看上去又疲惫，又年轻，又带着"我们再也回不去了"的悲伤。

他说："其实那时候，你也喜欢我，对不对？"

▶ 饭局欺诈游戏

01

"你现在在哪儿？我们在长沙。"

这不是刘军第一次搞这样的事了，而且，因为他前几次都得逞了，这一次更加肆无忌惮。我听说，上一次他在长沙，就成功地诓了一个深圳的同学回去见他的女神，但是见到的却是一直暗恋他的男同学——是的，男同学。

听说两人先是打了一架，然后抱头痛哭。

传为佳话。

然而，现在我们这一群人并不是在长沙，而是在北京。接电话的人也不在长沙，而是在湖南的一个二级小城——我们的家乡，也是我们一桌各位上小学和中学的地方。

这是饭桌欺诈游戏的升级版。

我也不知道自己为什么要来吃这个饭，因为，说白了，满桌子坐的虽然都是我的同学，但我跟他们都不熟。

初中、高中，我一直是被他们抵制的对象。说抵制可能夸张了一点，说隔离比较准确。但我并不感到羞愧，因为我也不怎么看得上他们。

"真的在长沙，为什么要骗你？"（说起来，对面的人为什么不要求他开个微信定位？）

"大家都来就看你来不来了。"（其实同时在诈骗好几个人过来。）

"骗你我是狗。"（那你现在已经是了。）

"哪些人在？刘文、戴俊、胡珊珊、邓婷……"这时候，我忽然听到他说出了一个恐怖的名字，"班长也在。哪个班长，当然是王班长啊。王佳音。"

"别拉上我！"我站起来抗议。

旁边一个人唰地伸手，把我拉了下来。

"不要扫兴嘛，也蛮好玩的。"他笑嘻嘻地对我说。

我气愤地侧过头，想把他这种低级趣味训一顿，结果却发现：我不认识他。

看着有点眼熟但根本就叫不上名字。

"我啊。"他看出我的困惑，指了一下自己，"我不是你们班的，是隔壁班的。隔壁的隔壁。"

"296 的？"我问。

186

不管怎样
春天依旧来了

在人生还充满希望的时期，
就已经面对过死亡、分离和相爱，
但那时，我们对这些事情会有多重要，
完全一无所知。

我从来没想过要有什么出息。
我只希望我可以安安静静地待在一个小地方，
跟一个安安稳稳的人谈恋爱，买一处小房子，
有一个小家，家里的人一个也不要生病，一
个也不要死去。

你是我渴望的
带着露水的新鲜

他点点头。

"真的挺好玩的,你不觉得吗?"他接着说,"高中毕业十年了吧?都不是小孩子了,想见谁,不想见谁,还是清楚的。"

"怎么说?"

"这么说:谁值得你坐一趟一块钱公车见一见?谁值得你打几十块的车见一见?谁值得你开三个小时的高速见一见?谁值得你漂洋过海见一见?人人心里都有一杆秤,不会让自己吃亏哪。"

这句话还没说完,对面的刘军就把手机一合。

"好的,猪大肠会过来。"

说到这里,他兴奋地看着我:"他可是专程过来见你的呦。"

"你别瞎胡闹。"我说,"把电话拿过来,我跟他讲不要来。"

可是,当刘军一拐一拐地向我走来时——自从高二出了一次车祸,他就有点瘸了——我忽然又改变了主意。

02

几乎有那么一刻，我也以为自己即将见到朱大常。因为我喝高了。酒量很差，而且没有节制，一瓶倒就一口气喝光一瓶，这就是我。

坐在我旁边的人不知什么时候换了，是个女生。

这让我有点紧张，因为在整个中学时期，我都和女生群体气场不合。

当然我跟所有人气场都不是那么合。

"班长还记得我吗？"

"记得，你是万紫。"完全是灵光一闪，我记起了她的名字。

"那你还记得不，你那时候没收了我一本言情小说，答应还给我的，到现在也没还？"

"什么小说？"

"《席娟作品全集》。"

"你现在还要看这个？"

"我当然要看了。"她说，"而且我不要你买新的还我，我就要那一本。"

"真的？"

"真的。不然你以为我为什么要来吃这个饭呢，我吃饱了撑的？"

她尖刻的口气又唤起了我的部分回忆。就是她，万紫。全班最漂亮的女生，脑子也差不多算最笨的，英语老师最最看她不上，经常故意点她到台上背课文。

"谁还会收着那种书啊，早扔了。你英语课文背不上来，这种事记性倒挺好。"

"你英语好了不起啊。"

我以为我们在开玩笑，谁知道，她一个耳光扑了过来。

03

"对不住哪，班长。"

第二天，刘军的电话追了过来。

"没想到万紫会那么激动。"他说，"对不起对不起，下次
不叫她了。"

"下次你别叫我了。"我说，"叫她，她比较漂亮。"

"她刚回国，可能情绪不太稳定。她在瑞典得了抑郁症的。
因为那边日照太少了，抑郁症发病率很高。"

"不说她了行吗？对了，猪大肠怎么样，昨天你们后来跟他
说了吧？"

"嗨，要不说怎么叫猪大肠呢。我们再打电话过去的时候，
他手机没电了，就这么一直开到长沙了。"

……

"所以下次回去不得了了，肯定会被他收拾。"

"活该，谁让你不厚道。"

"咱们俩到底谁不厚道？"刘军出乎意料地反驳道，"当时你完全可以拆穿我的嘛，之所以没这样做，就是要考验他，到底是不是想见你。"

"我才没有……"

"你以为我很喜欢骗人吗？我是为了满足大家的心愿才这样做的。"

"心愿个屁，反正以后我绝对不会参加同学聚会了，无聊。"

04

然而，我食言了。

我再次参加了同学聚会，因为朱大常来北京出差了。

饭桌上的同学一拨一拨地起哄，我完全可以想象他在人群中，是多么的面红耳赤。赶到饭局的时候，我发现人人都盯着我。

"怎么了？看我干吗？猪大肠呢？去厕所了？"

一阵哄堂大笑中，我明白了是怎么回事。

"太过分了啊。"

"班长，你不要怪他们。"这时候万紫站了起来，奇怪，我之前一直没有看见她。

　　"是我说要跟你道歉的，我上次太冲动了。但我怕你不来，所以……"

　　她怕得对。如果说是为了接受谁谁的道歉，我是绝对不会来的。并不是因为记恨，其实我并没有记恨她，而是，人长大以后慢慢就会懂得，一些人你得罪了就是得罪了，有一些关系无谓去修补，一些心也无谓去挽回；大家都亲如一家，所有的人都喜欢自己，那只是少年人不合时宜的愿望而已。

　　然而，万紫接下来的话却让我惊呆了。

　　"其实那本书是吴勇借给我的。"

　　吴勇是我的同桌，初二那年，他因为抢救落水儿童而不幸去世了。那件事发生在暑假，一开学，我们知道这个消息之后，市教育局也紧跟着派人来到了学校，向我们了解吴勇同学的光荣事迹。

　　作为班长，我当然跟着班主任一起了。班主任说了很多，关于吴勇平时怎么关心同学，怎么在大扫除中认真负责。我也说了很多吴勇作为小组长的优秀事迹。然而，我和班主任都清楚，那些——全都是编的。吴勇是个非常奇怪的小孩。因为家住在一个著名的小商品市场里，他经常会给同学带各种稀奇古怪的礼物，比如新款的头花啦，装饰钥匙圈的水晶（聚酯）球啦，水果形状的电子表啦，等等。

几乎是没有缘由的，他也送给过我诸如此类的礼物。既没有问我喜不喜欢、需不需要，也没有问我哪天过生日。他只是伸出手来说："给你。"那种口气，让你很难拒绝他。

但是我不知道吴勇还送书。那个小商品市场莫非还有盗版书摊点不成？

"不过，后来我让他跟你要回来，他却说本来就只是借我看一下，然后就送给你的。"

什么？为什么要送我《席娟作品全集》？这是看不起人哪……

"所以，是我无理取闹了，对不起！"

万紫说着，把一杯看上去有两斤重的啤酒一口气喝下。

"班长，班长你也喝一杯。"刘军开始起哄，"为了这一份同学情谊，为了青梅竹马的爱情！"

接下来，有人唱起了《同桌的你》。

我又喝了酒，喝得眼前一片模糊。

万紫喝得更多，把头靠在我肩膀上哭。

"我们从幼儿园就是同学了，他是我这辈子第一个喜欢的人。"她这么说。吴勇出事的那一天，是她说要离家出走，吴勇去找她，才到了那条河边。

"不是你的错。"我只能一遍遍重复。

是……我的错吧。那天吴勇给我打了电话，约我一起去找，我本来答应了，却没有去。

没去的原因，当时看起来无可厚非，现在看来却矫情得可笑。

那一天，我记得很清楚，是我这辈子第一次来月经。

05

接下来的一次同学聚会是在秋天。

万紫跟一个鬼佬结了婚，要移民去澳大利亚，组织一次聚餐跟我们道别。

聚会的消息是刘军通知我的，但是，他却没有到场。

他出差了，去内蒙古考察一个煤矿，据说是在那儿有投资。

投资——谁能想得到呢。不过投资煤矿，对他来说，想想虽然不合情理，却也是顺理成章。

他的父亲是在初三那一年，因为工作的煤矿瓦斯泄漏去世的。

在我的印象中，原本他是一个活泼的男生，曾经是班上的体育委员，父亲出事之后却变得十分萎靡。高中没有考上本校，去了旁边一间教学质量天差地别的中学，很快就变了样子，经常和一些小混混一起，骑着摩托车闯进我们校园，围着女生起哄。

后来，他出了一次车祸。再后来，我就再也没有看见过他。直到毕业之后十年，他忽然打电话给我，邀请我参加同学聚会。

没有了刘军的聚会，好像少了什么似的。当他在的时候感觉有点烦人，当他不在，却心里空落落。

万紫显然也是这种感觉。"他答应了要来的。"她喝了一点酒之后，反反复复地说，"太不够意思了。车祸我又不是故意的……"

"再喊几个人来吧。"有人提议。

说喊人的是阿毛，几个月前刚离婚——离婚的对象也是我们同学。

"叫庞洁来嘛！"有人起哄。

庞洁正是阿毛的前妻。说起来，阿毛个子一米六，庞洁却是我们班最高的女生，高三就达到了一米七七。与其说他们离婚让大家意外，不如说当年他们宣布结婚时才是惊掉了全班人的下巴。

"不要啦，不要啦，她来了我还有命吗？"据说阿毛和庞洁离婚的原因是阿毛出轨，然后，想要浪子回头的阿毛被庞洁三次打出了家门。

"叫梁丹吧。"

"叫康师傅吧。"

"叫谢狗吧。"

"叫吴志红吧。"

"叫黄琼吧。"

然后开始一一打电话。"谢狗，梁丹来了，你来不来？""康师傅，庞洁说你来她就来。阿毛在啊，她和阿毛离了嘛。不信？骗你是狗。""志红，黄琼想见你，你来不来？""黄琼，刘军喝醉了哭着要见你，你快来！"

这些眼花缭乱的关系让我重新认识了我们的班级。在我自己被女生们排斥、被男生们敬而远之的日子里，原来居然有这么多关系在暗地里发生。

然而，关系虽然精彩，这一次上当的却一个也没有。

我忽然意识到，这件事只有刘军可以做到。"我是为了满足大家的心愿才这么做的。"

虽然他的出发点可能是捉弄人，但是，好像确实只有他真的知道，谁会为了谁愿意穿越半个城市来见，谁会为了谁甘心翻山越岭来见，谁会为了谁甘心漂洋过海来见。他是在什么时候做下这功课的呢？他又是为了什么要做这样无聊的研究呢？我忽然感到一阵惆怅，不是为他，而是为自己。

我们都是旁观者，在班里。被孤立，或者被迫离开。面对这种不期而至的命运，我们却做出了相反的选择：我选择了过度的冷漠，而他则选择了过度热情。

有人把电话塞到我手里："打呀，给刘军打个电话呗。"

"他在内蒙古啊。"

"没关系的，就跟他说万紫想见他。"

我看向万紫，她又喝多了酒，整张脸已经哭花了。

"你跟他说，你说他会相信的，就说他今天如果不来，万紫就不结婚了。你让他一定要来——"

我对着电话，把这套说辞重复了一遍。

电话那头，他久久地沉默着。我忽然很生气，因为对我的说法，他居然连一丝一毫的质疑都没有。

"你们等着。"他说，"我过来。"

我迟疑了一秒，想说"算了"，但最后说出的却是："好，我们等你。"

06

他没有过来。

并不是因为他识破了我们的骗局。

那天晚上，京张高速上发生追尾车祸，他的车被夹在了两辆大货车中间。

07

最后一次同学聚会，是在刘军的追悼会上。至少，我想这是我最后一次参加同学聚会了，没有了刘军，也不会再有人邀请我，这一点我敢肯定。

主持人，我看着眼熟，后来想起来，就是第一次同学聚会时出现的陌生人——他说他是我们隔壁的隔壁班的，可是，他怎么会来主持……这个活动呢？

"我和刘军是小学同学。"他在台上说。"哦——"台下的我们恍然大悟般地呼应。

也许因为父亲去世得早，母亲也再婚的原因吧，在这个追悼会上，感觉刘军的亲人来得非常之少。

到场的大部分是同学。我们的初中同学，后来他上的普通高中的同学，还有小学同学。

同学诚然是一种非常特殊的关系——一大群本来没有任何联系或相似之处的人，被随机分配进一间大屋子里坐着，听台上一个大人说，你们现在要建立友谊，因为同学将会是你们一生宝贵的财富。

其实很多小学同学，我连名字都记不起了。不过，我猜如果我见到他们中的一个，一定也会有种奇妙的感觉。

曾有一部分被自己也遗落了的过去，却在陌生人那儿保存着。在那些残缺、失真，然而又可能比自己的记忆更真实的片段里，自己又是什么样子呢？

"刘军是我的小学同学。"主持人说，"也是我最好的朋友。那时候，他是我们班成绩最好的男生，也是最矮的一个。"

初中的时候，刘军已经是个成绩不好、个子又高的男生了，不然怎么当体育委员？

然而，现在，如果要我对别人描述刘军是个怎样的人，我可能会说，他是"饭局欺诈游戏"的发明者吧。

曾经被他骗过的所有人，都来出席了他的葬礼。

在这个葬礼上，我终于再一次，见到了朱大常。

08

我和朱大常的关系没有什么特别的。只是他曾经跟我表白过……九次而已。

九次。一次我也没有答应。

然而现在看来，不管是这辈子第一个喜欢过的人，还是这辈子第一个喜欢过自己的人，都是一种奇特的存在。

类似于记忆中的童年美味，理智上你清楚那可能也是一般的食物，但是，随着年龄的增长，你却会越来越控制不住地觉得，那是世上再难一见的琼浆佳肴。

朱大常和我从初中开始同学。他对我的第一次表白，是偷走了我的钢笔，假借还钢笔和道歉，请我喝了这辈子第一杯咖啡。他在我的抽屉里放过一只剥了壳的蜗牛。他在我做纪律值日的时候组织男生全体逃课去踢球。他在高考之前偷走了我所有的参考书。

还书之前，他对我做了第九次的表白。他可能永远跟不上我的脚步，但是，他会一直等到自己配得上爱我的那天，然后，第十次向我表白。

"那时候你会答应吗？"

我没有回答。

只是，那一次表白我也再没有收到过。我最后一次得到他的消息，是听说他母亲去世，然后他结婚了。

如果不是刘军，其实，我们有可能永远不会再见面吧。

"为什么他要搞这样的游戏呢？"我对朱大常说，心存愧疚——毕竟是我打了最后那个电话。

"大家本来已经天各一方了，为什么一定要见面呢？"

"他也有自己想见的人啊。"朱大常回答我。

"他想见谁？"

这句话才冒出来我就想骂自己傻 × 了——他想见谁，那是一清二楚的。

"万紫从瑞典回来以后，他起码组织了二十次同学聚会吧。每次都有不同的由头。"朱大常说，"大概是怕她不来吧。"

"高二的时候刘军车祸是怎么回事？"

"你不知道？"

"我不知道。"

"万紫的事你知道吧，初二那年她父母离婚了。"朱大常说，"高二的时候她亲爸回国，让她选是去瑞典还是在国内参加高考。刘军骑着摩托要带她走，她要跳车，就出事了。"

"我只知道她出国，别的不知道。"我说，"好羡慕她啊，那时候。因为，我也想走得越远越好。"

走得越远越好，离开这个自己不喜欢的世界，然后，所有的好事都会发生——我曾经这样想。

十年之后，我才晓得万紫在瑞典的生活并不如意。她结婚、生孩子、离婚、回国，然后再次结婚。"她为什么不跟刘军在一起？"我说，"既然他喜欢她那么多年。"

"我也喜欢你很多年，你也没有跟我在一起啊。"朱大常说，"别误会，我不是抱怨你。我只是说，喜欢这种事，有时候就是一厢情愿，不然那就不叫喜欢了。"

其实有时候，就算两人都喜欢，生活也会像两条交叉的铁轨渐行渐远。我什么也说不出来只能看着朱大常的脸，十年的时间，好像并没有改变多少的那张脸。

"你那天，开车到长沙……"

"我想跟你说，没有遵守承诺，对不起。"

09

葬礼之后，大家一起吃饭。

"请大家不要拘谨，该吃吃，该喝喝。"那位小学同学说，"这是刘军的意思。"

他给我们念刘军写给他的信："人生无常，如果有一天我也像我的父亲、我的初中同学一样遭遇了什么意外，我希望你给我主持一个最棒的葬礼。"

在这个最棒的葬礼上，阿毛和庞洁都在，他们好像已经决定复婚了。出柜的男生来了，他喜欢的人却没有来。梁丹来了，我这才知道，原来她曾经跟谢狗谈过三个月的恋爱，两人分手的原因是谢狗弄丢了她养的狗。万紫走后刘军也谈过恋爱——跟黄琼，但那是一次赌气的恋爱。

"我发现他心里还是喜欢万紫，就没跟他谈了。"黄琼说，"他对别人是痴情种子，对我来说就是个渣男。"

然而，她接下来说的一段话却让我们陷入沉默。

"我原来以为——"她说，"跟他分手的时候，我原来以为，我肯定会遇到一个更好的男人，爱我爱得死去活来，有钱，帅，而且不瘸。但是，我从来没有遇到这样的人。上学的时候我总觉得，以后会是无比精彩的，做各种各样的工作，遇到各种各样的人，但是，后来我才发现，原来我人生最重要的事情，都在那几年发生过了。"

重要的事情已经发生过了。

但当时我们一无所知。

我们早在十年之前，在人生还充满希望的时期，就已经面对过死亡、分离和相爱，但那时，我们对这些事情会有多重要，完全一无所知。

因为同一年、出生在同一个城市、具有差不多相当的智力水平，我们进到了同一个学校、同一个班级，但当时，对这些人的重要性一无所知。

至少，我曾经一无所知。

如果还能多玩几次饭局欺诈游戏就好了。

如果我像刘军一样，熟知了谁会为谁而来，说不定也能破解那些我生命里难堪的谜题。比方说，我其实从来不知道自己为什么会成为被抵制的对象，但是，在察觉了这一点之后，我就开始刻意把自己打扮成一个不受欢迎的人……到现在依然如此。

"你真的不认识我？对我一点印象也没有？"不知什么时候，那个叫不上名字的人又走到了我的身边。

我摇摇头。确实一点印象都没有。

"高二的时候英语竞赛记得吗？"他说，"你拿了第一。第二是谁？"

"是谁？"

"是我。"他说，"我们英语老师说，你输给她要心服口服。但是我不服。我去你们教室想看看你是何方神圣……"

"对不起让你失望了。"

"我没有失望。"他说，"你那天就穿了校服，白衬衣，蓝裙子。高高昂着头，从我身边唰地过去了，看都没看我一眼。"

似乎预感到他要说出什么了不得的事情，我没有作声。

"高考填志愿，知道你报了北外，我也鼓起勇气报了……我没想到……"

他没有想到，我落榜了。

一时间也不知道说什么好，两个人只能面对面站着。

落榜之后，我去了志愿末尾的三流大学，从此跟同学都不再联系。"我一直在找你。"他忽然殷切地说，"一直没有找到，直到有一天，刘军叫我去参加你们同学聚会，说你会在。"

　　"他居然没有骗你。"我说。

　　但是，所有这些暗中的注视，所有这些蛛丝马迹，刘军又是从何处得知的呢？是否在自己的人生遭受了不可挽回的失望之后，他就转而将目光投向每一个别人的希望，并且怀着一种奇特的期待，就好像发起一个挑战游戏，只要他完成了所有的任务，就能多多少少换回些什么，或者至少挽回一些时光？

　　但我们永远不会知道了。

　　万紫没有来刘军的葬礼。这时候，我忽然想打个电话给他："同学都在一起吃饭，万紫也来了。是真的，她昨天跟我说，如果你来了，她就不走了。你来不来？"

▶ 曼谷的味道

01

"How can I leave Bangkok?"

屋顶的小花园里，那个老太太这样对我说。

她那副神态，就好像已经认识了我二十年似的。

我有点尴尬地点了点头。我不太喜欢跟陌生人说话。

甚至，我也不喜欢旅行。我来泰国完全是因为一个匪夷所思的原因，但这个原因我又不可能逢人就讲。

所以，我跟她之间完全无话可说。但是在这个无聊的下午，这个屋顶上也就只有我和她两个人。虽然我看上去比较孤僻，实际上，却是一个与人为善、但愿身边的人都开心的好人。

来曼谷已经七天了，七天里我已经搬过三个住处。

第一个住的民居好像挺有名气，主人是一个不太老的老头和他满头白发的妈妈，儿子看上去不谙世事，妈妈则显得又高雅又世故。住了两天，住宿条件还可以，尤其让我满意的是还有一个小花园，花园的小桌上摆着柠檬水和报纸。报纸是英文的，厚厚的一摞其实都是同一期，上面登着这一家的老妈妈——报纸上称她为"泰国祖母"——的采访。

最终让我决定搬走的就是这位祖母，因为她太爱聊天了。她聊天时采用拖长、夸张的英式口音的英语，因为她年轻的时候曾在剑桥生活过。说到这里她总会停下来，用一种略带嘲讽、又满怀忧伤的语气告诉你："你知道吗？美国也有一个剑桥。但我去的可不是那个哦。"

如果只是这样也就罢了，我最受不了的是，当我在花园里坐着，屁股还没坐热的时候，她就会来问我，为什么不出去走走。"你有没有去大皇宫？考山路？湄南河？还有那个……"她把双手贴在一边脸颊上做出睡觉的姿态，"卧佛寺？"她的态度，很明显是把我当成了白痴的旅游者。虽然她一直是那样和蔼可亲，但我却赶在自己可能忍不住跟她吵起来之前，收拾东西换了个住处。

02

　　换的住处，是一个……呃，怎么说，更加国际化的青年旅舍。旅舍里住满了各国青年，我总是能闻到一种浓烈的、带着甜味但又并不是香烟的味道，后来才知道那是大麻。

　　然后，我就搬来了这里。这里在城市北部，已经远离了旅游区，我所住的地方也并不是旅馆，而是人家里。但是，这里却更像我要找的那个地方。

　　原以为这种地方不会再碰上奇奇怪怪的旅游者，却偏偏事与愿违。

　　比如，跟我搭话的这位老太太。

　　看不出国籍，甚至也看不出年纪。我是说，我知道她老了，但说不出她是五十、六十，还是七十。甚至四十多岁也有可能，因为西方人总是老得比较快一点。这样一位老人，在天台上晾衣服的时候，我总得上去帮一个忙。

　　于是，她向我搭话了。

一开始当然有一些你是哪个国家人之类的寒暄。然后，她直截了当地问我，为什么来曼谷。

"因为有人非让我来不可。"我说。不知为什么，明明可以回答"来度假"之类的，但这个回答却脱口而出。

我以为她会追问"那个人是谁"，脑子里也在飞快地杜撰一个还说得过去的答案。没想到，她就好像对我的回答一点不感兴趣似的，忽然冒出了开头的那句话：

"How can I leave Bangkok?"

说实话，我也一点都不关心她离不开曼谷的原因啦。

但是，她的这句话却让我想起了什么。

03

让我来曼谷的人，是我的叔叔。叔叔一年以前罹患了鼻咽癌，半年前去世。让我来一趟曼谷，这可算他古怪的临终遗愿之一吧。

本来这也没什么好对人隐瞒的，我不太想对人提起的原因是，我是叔叔带大的。四岁的时候父亲因病去世，十一岁的时候母亲死于车祸。我至今还记得正在上课时，班主任忽然被教导主任叫出了教室，再回来时，带着一副奇怪的，但又绝对不是难过的表情，对我说："你现在收拾一下东西吧，你亲戚来找你了。"

那是我第一次见到叔叔。

准确地说，应该是"留存在记忆中的第一次"。母亲对我提到过，说我爸爸还有一个兄弟，曾经在我一岁的时候来过家里，还抱过我，但我对此当然毫无印象。我还记得，母亲提到他的时候，说他"没什么出息""是个浪荡子"，年纪也不小了，却在南方——不知道在哪个地方，居无定所地鬼混。"但是，你爸爸跟他感情很好。"

说到父亲的时候，她的口气变得很温柔。就好像因为父亲，连他那个不成器的弟弟，她也能谅解了一般。

父亲生前是个货运司机，他去世以后，母亲就开始干起了这份活计。对女人来说，开货车当然很辛苦，但是在我们当地，这份工作收入还算不错，而且我猜母亲一定不忍心卖掉她和父亲一手一脚买下来的那辆小货车。

叔叔在校长办公室里等着我。见我进去，他紧张得一下从椅子上站了起来。

"阿纯，我们十年没见了。"

现在想起来，那一次见面的时候，我就很喜欢叔叔。尽管我对父亲的印象已经很淡薄，但却觉得，叔叔身上有父亲的味道。

葬礼、抚恤金、财产、各种扯皮，那段漫长的、至今也不愿回忆的时间过后，叔叔正式收养了我。

之后的那些年，叔叔在我们的家乡安定了下来。他卖掉了父亲的货车，把那钱买了股票。当时正赶上买什么股票都能赚的好日子，他及时收手，给自己累积了点本金，便做起装修的生意来。

在很长一段时间里，叔叔就好像受到了命运的眷顾一样，总能赚到钱。

他的装修生意随着房地产的兴盛而蒸蒸日上。赚来的钱，他也并不急着扩大业务，而是大量购入了市中心的房产。他说他买房也没有别的诀窍，就是政府机关集中在哪里，他就买在那附近，就算当时不好，以后也一定是升值最快的地段。事实证明了他眼光的准确。

再后来，叔叔卖掉一些房子，想要在我们市里开一家 4S 店，而且已经跟厂家谈好了代理合同，开始购买设备和物色场地。就在这当儿，他感到头痛、鼻塞、鼻子出血，去医院检查的时候，已经是鼻咽癌晚期。

之后，好像有转让、赔偿等等，听闻叔叔的生意伙伴做了什么不地道的事，而且我们家的亲戚也跟着一起捣乱。我从来搞不清楚叔叔的生意，但到最后，叔叔苦笑着对我说："阿纯，好像我们已经不是有钱人了。"

"那你看病的钱够吗？"

"这个还是有的。"叔叔笑着说，"而且，我看病也花不了多少钱了。"

叔叔最后的那些日子，我辞掉工作陪在他的身边。

不太严格地说，我们当然是"情同父女"，但是，我心里知道——叔叔一定也清楚，我们的关系和父女是有所不同的。

对我来说，最大的一点不同是，我感到我并不是很了解叔叔。

回到家乡的时候，叔叔已经三十七岁了。对于在那之前的他的生命，我一无所知。

叔叔也一直没有结婚，甚至我都没有见他有什么来往频密的女性。尽管后来，他因为工作而总在外面应酬，我们之间交流很少，但我有一种感觉，他从来不会在外面乱来，是一个现在世界上少有的正直、古板的家伙。

这时候，想到妈妈曾经说他是一个"浪荡子"，简直觉得她弄错人了。

在跟我一起生活的十多年里，难道叔叔从来没有一刻回想、留恋过自己曾经浪荡的日子？我问叔叔，他却乐呵呵地反问我："那你就从来没想过出去看看？"

"从来没有。"我说。

"唉，你一点都不像你爸。"

在叔叔的嘴里，爸爸也是一个不安于封闭的生活，总想走向远方的人。"但是在我们那个年代，走出去需要很大的勇气。"

我和叔叔唯一一次闹到不愉快是在我考大学的时候，我成绩一般，肯定考不上什么好学校，叔叔就说，送我出国。

"我才不出国呢。"我说。

"为什么？"叔叔说，"难道你不想走远一点，看看外面的世界？一辈子待在这个小地方有什么出息？"

但是我已经想得很清楚，我只要上一个银行学校就行，出来进银行，叔叔的存款能让我马上转正，以后一辈子都可以过得很安稳。

最后，事情还是按照我的决定进行了。

但是我知道，叔叔对我很失望。而叔叔不知道的是，他可能是无心说出的那一句"一辈子待在这个小地方有什么出息"，也深深地刺痛了我。

我从来没想过要有什么出息。我只希望我可以安安静静地待在一个小地方，跟一个安安稳稳的人谈恋爱，买一处小房子，有一个小家，家里的人一个也不要生病，一个也不要死去。

我万万没有想到，在我建筑好这个为家人遮挡灾难的金刚罩之前，叔叔就要死了。

"可能我们家的人跟车相克吧，早知道就不开什么 4S 店。"

叔叔开玩笑说出的这句话，听得我号啕大哭。在那之前，我明明早已经下过一万次决心，绝不当着他的面流泪。

"阿纯不喜欢坐车，对吗？"叔叔却毫不留情地接着说，"之前叔叔没想到你的这层心思，是叔叔不对。"

但是，叔叔却还有一个愿望需要我去完成。

"阿纯，叔叔想请你去趟泰国。"

叔叔说，他年轻的时候，曾经从云南坐船去了泰国，并且差一点留在那里。

04

　　他去世以后，我坐飞机直飞到了曼谷。叔叔在曼谷待的时间最长。从他的遗物里，我只发现了唯一的一张照片，他站在一座看上去很破旧的楼房前面，笑得很开心。但是照片并没有照到门牌号码，而且十几年间城市应该有很大的变化，我拿着照片来寻找他住过的地方，说实话只不过是碰运气而已。而且，叔叔从不透露自己在曼谷做了些什么事，遇见了什么人。我以为，他对曼谷念念不忘，是因为在那有个刻骨铭心的恋人，但他摇头否认。

　　"我只是喜欢那里的味道。"

　　如今我来曼谷已经七天了，并没有觉得这里有什么特别的味道。当然，这是一个特殊的城市。它是西方各国的嬉皮士们经过漫长、穷苦的旅途之后到达的享乐之处。奇奇怪怪的人、各种不同的文化，还有奇奇怪怪的宗教，在这里都能相安无事。这里也是众所周知的对"性别转换"持有最宽容态度的城市，不要说特殊场合，就是在街头，我也能看见扫地的男生扎着小辫子，涂抹着鲜艳的口红。

"你喜欢曼谷吗？"老太太问我。

"还……好啦。"

很难说我对这座城市怀有怎样的心情，应该说，吃得还不错，但是，我前两天在考山路的时候，看见一个长得像泷泽秀明的男孩子坐上了一个老头的豪华轿车。

"我已经在曼谷住了二十年了。"老太太说。

虽然她也是喜爱聊天的类型，但并不像那个"泰国祖母"一样让我紧张。

"你喜欢曼谷吗？"我觉得自己问得有点多余。

"既有喜欢的地方，也有不喜欢的地方。"她慢吞吞地说，"你知道（我并不知道），我的家是瑞典，那里的冬天很长，人也很少。我和当时的男朋友一起来了曼谷，他是一个嬉皮士，后来他去了尼泊尔，我回了瑞典，但是在家乡待了一年，还是回到了这里。"

大概是因为口音的关系，她的英语说得虽然顺溜，却干巴巴的，给人的感觉是不带丝毫感情。

这时候一群小孩跑上了天台，大概是放学回来了，让她教写英语作业。

一同上来的还有一个我之前没见过的泰国青年。

他主动跟我做自我介绍，说自己叫瑟塔，是房东的小儿子，大学毕业以后在银行工作。

"我也在银行工作，不过辞职了。"

"啊？为什么？"他长了一张圆脸，眼睛也是圆圆的，虽然年纪应该不小了，却显得很孩子气。

天台上人多了起来，我感到不自在，于是回了房间。过了两分钟，有人轻轻地敲门，就是刚才的那个小儿子，他说，想请我吃晚饭。

我答应了。

05

吃晚饭的地方，就是不远处的一家小餐馆。

他说这家餐馆也开了很多年了，从他小时候记事起，就经常在这里吃饭。

"这里是家常菜的味道，跟你在那些餐馆吃的大概不一样。"

第一道青木瓜沙拉端上来的时候，他忽然问我："你有没有男朋友？"

"没有。"被这个问题，尤其是被自己爽快的回答吓了一跳，我往嘴里塞了一大口木瓜丝，却差点就吐了出来。

每一家泰餐馆里都有的木瓜沙拉，在这一家却有着格外浓重的腥味。仔细分辨，原来木瓜丝里捣入了生的小螃蟹。

"好吃吗？"

我点点头。

我知道自己不算漂亮的女生，但从来不乏追求者，大多数人是看中了我的家庭简单和叔叔的财产，对这一点我心知肚明，但并不在乎。在追求者中，我最后选择了另一家银行信贷部门的男生，是个北方人，个子高大，待人很温柔。我们交往了三年，本来决定今年结婚，但叔叔出事以后，他就开始对我避而不见。

最后还是我正式提出了分手，见面的当时，我没有哭。

在这个世界上，普通的难过和要哭泣的那种难过，界限是非常明显的。

可是，让我自己都难以理解的是，叔叔的葬礼上我也没哭。

"这个菜是我最喜欢的。"瑟塔说。

这个菜我果然从来没吃过,是别处都没有,还是我从来没想过要点,这倒不清楚。略略冰冻过的生虾,蘸着掺有青椒和蒜米的酱汁,吃起来口感很柔韧。虾不大,但是很新鲜,"小的虾味道才好",对面的人如是说。

最后他点了烤鱿鱼,烤的时候连油都不放,吃的时候要蘸着店家特制的青椒酱,我才咬了一口,意想不到的事情就发生了。

生青椒的辣味,混合着鱿鱼强烈的腥味直冲我的头顶,我感到一阵眩晕,然后眼泪鼻涕就一起下来了。

瑟塔先是一愣,然后哈哈大笑起来。一边笑,一边给我剥开甜度很高的龙贡果。机械地往嘴里塞着水果,我忽然感到一阵悲伤。

在叔叔的丧礼上没有捕捉到的悲伤,此时此刻,像热带的天气一样牢牢地包裹住了我。坐在这间简陋的泰国餐馆里,我像个疯子一样,放声大哭起来。

"发生了什么悲伤的事吗?"

好不容易止住了哭泣之后,他这样问我。事到如今也只能告诉他,我最重要的一个亲人去世了。

"他以前在曼谷生活过很长时间,他说,喜欢这里的味道。"

听到这句话，瑟塔忽然微笑了起来。

"刚才，在天台上的那个老女人（old lady），她也说过一样的话。"

"什么？"

"她说，她离不开曼谷，因为喜欢这里的味道。"我的心猛地一震。要是认为叔叔跟这个老太太之间发生过什么，那也未免太荒谬了。光是年龄就……脑子里闪过她密布皱纹的脸。

"她在我们家住了十几年，差不多算是家庭成员了。也见过我们家的很多事。"

"什么事？"

"我们家有三个儿子。大哥比我大十几岁，进寺庙当了僧人。二哥，现在叫他二姐更合适，去了南部的岛上，很久没回来过了。"

"哦……"

"二哥在那之前，结过婚，还有一个孩子。就是今天你看到的那个，已经上学了。托老太太的福，英语学得很不错。"

他轻松地说着这些事，而我像个没见过世面的傻瓜一样，听得目瞪口呆。

回到家以后，我们又一起走上了天台，在那里，他吻了我。

在以前的我身上，这绝对是不可能的事，但是，现在的我好像改变了。这是一个带有青椒、鱼露、咖喱味道的接吻，在炎热的晚风中，有一丝令人沉醉的味道。"到底什么是曼谷的味道呢？"我问他。

他笑起来："你明天可以问问她，对了，她的名字叫 Jessie，是不是一种花的名字？"

但是，我没有问到这个答案。

06

第二天，我睡到很晚才起，洗过澡之后仍然觉得头脑发涨，走到一楼才发现气氛有点不对。人有点多，每个人的表情似乎都与往日不同。房东走过来跟我打招呼。

"发生了什么事吗？"

"昨天晚上，有一位房客去世了。

"因为她是外国人，所以有政府部门的人会来办理一些手续。您如果感到困扰的话，可以另外选择一间旅馆，之前的房费就不收您的了，非常抱歉。"

在这一团混乱中，瑟塔却不见踪影，我查了日历，今天是休息日，所以不用去上班。心里闪过的第一个念头居然是，他是为了躲避我才出去的。

我一整天都关在房里，没有什么事情好做，只能昏昏沉沉地躺在床上，直到被敲门声惊醒。

打开门，瑟塔的圆脸出现在我面前。

"你没事吧？"他问我，"我去寺庙里找我大哥去了，因为Jessie以前说过，她如果死了，希望按照泰国的方式，在寺庙里举行葬礼。"

我还没想到怎么接话，他就开口问我："你愿意参加她的葬礼吗？"

"我跟她没有什么关系，这样做合适吗？"

"怎么没有关系呢？"他好像有点诧异，"你们住在同一栋房子里，说过话，而且……"

而且什么，他没有说出口，我也没有问。其实，昨天晚上就很想问，你们家的旅馆住没住过一个中国男人？个子不高，跟我长得很像，会对你们说，喜欢曼谷的味道？或许，我应该当天晚上就去问老太太，你认识不认识我的叔叔？可是死亡却来得如此猝不及防。

因为天气炎热，所以葬礼很快就举行了。我按照礼仪送了一份礼金，就加入了送葬的队伍。队伍中有很多平时没见过的人，死者毕竟在曼谷生活了二十年，总会有人为她的死亡动容。泰国是一个非移民国家，官方的身份上她仍属于游客。然而，当游客当久了的时候，也就分不清故国与此地的差别了。

叔叔在最后的清醒中对我说："'人生天地间，忽如远行客。'其实生死的界限并没有那么绝对，阿纯，你不要太难过。"

如果没有我，也许今日的叔叔仍然在远行吧。我一直这样想，事实上，这样的想法已经有十几年。当我得知了母亲的死讯，拉紧了叔叔的手之后，就一直在害怕，害怕他哪一天总会离我而去。

在我的一生中已经参加过三次亲人的葬礼，几乎是出于本能，我知道在那样的场合，只能将心门紧闭，才能让自己尽可能地少受伤。然而，此时此刻参加的葬礼却不会给人这样的感觉。参加葬礼的每一个人神情都很轻松，似乎轻松就是这种仪式的礼仪标准。包括为死者诵经的和尚们，虽然神情严肃，但是一旦仪式结束，脸上便也自然地挂上了笑容。

葬礼结束以后，我们走出寺庙吃东西，死者的身体就在寺庙中被火化，骨灰存在寺庙的佛塔中。

食物端上来时，瑟塔坐到了我旁边。

"吃得下吗？"他问我，我点点头。

"你不要总是为了别人勉强自己。"他忽然这么说。

我吃惊地看着他。

"第一眼看见你的时候，我就有这种感觉。"他接着说，"你是一个为了别人而放弃自己想法的人。"

他英文说得很慢，但是，我也用了很大的力气才把这句话听进耳朵里。主要是不相信他居然会这么说——这听上去就像严厉的、没有道理的指责。

"你根本就不了解我！"我想要反驳，眼泪却涌了出来。

在这瞠目结舌的当口，他用那一双圆圆的、孩子似的眼睛，真挚地凝视着我。

"我不是说你这样不对，如果你觉得这样最好，那就好了，没什么的。"

停了一会，他又接着说："你好像对你叔叔的事一直很在意。我大哥待会会过来，你可以问问。"

我不知道应该问什么，或许，我根本就不知道，自己想知道什么。

有时候我觉得，关于叔叔的一切我都想知道，我想知道他为什么离家远行，为什么回到家乡却又始终孤身一人。在我慢慢从一个悲伤的小女孩长大的那些日子里，关于叔叔的故事，我无数次地想要开口问，但又无数次地返回了沉默。既然叔叔没有说，那么我便不问，小小的我，不知道已经从哪里学得了这种倔强。

当瑟塔的大哥走到我们身边时，我一眼便认出来，他就是刚才念经超度的僧人中的一名。见到我，他蓦地一怔，我赶紧从钱包里拿出叔叔的照片给他看。

"您认识这个人吗？"我问，"他是否曾经住在您家？是不是认识刚才那位死者？"

僧人接过看了一眼，没有说认识也没有说不认识，而是把照片恭敬地还给了我："这是您的亲人吧？"

我点点头，眼泪又再一次夺眶而出。

"这张照片让我想起我的一位朋友，我们曾经非常亲近，一起过着荒唐的生活。"

我张张嘴，想要告诉这位僧人，我叔叔已经死了，却说不出口。

"我还记得我们最后一次见面，我对他说，只要心灵不受到羁绊，那么，身在此地、身在他方，并没有什么区别。他却说，如果没有羁绊，人生就相当于死亡。您可以把照片再给我看一下吗？"

再一次拿起照片，他凝视良久，或许并没有那么久吧，只是在我的意识里，就像一个世纪一样漫长。最后，他像是满怀遗憾般将照片还给我，摇了摇头。

他离开了。像是拒绝回答我的问题，又像是给了我一个答案。

07

在曼谷的这些日子里，我见过很多的人，每个人都遵从着自己的生活方式，留着长发抹着口红，在巷子口卖炒河粉的少年，我每次经过，总忍不住去买一份，而他每一次都热情地招呼我，看不出有丝毫异样。

我想，让叔叔留恋的，便是这里自由的味道，是荒唐而又平静的岁月。然而，最后他为了我留在了家乡，我便是他的羁绊，正如他也是我的羁绊一样。在我幼小的心灵里，恐怕不仅当叔叔是我的长辈——他的确是一位长辈，但也是我的世界里唯一要拼命守护的人，是我幼小的心灵所认定的、人生最初的恋人。

　　站在异国的土地上，在一位陌生人的葬礼之后，我终于向自己承认了这一点，并且并不感到羞耻，也不感到惊恐。只是，这一切都过去了。我的身边，是端正、温柔的青年瑟塔，他给我端上了一份葬礼后的甜点。我吃了一口，混合着椰子味的清凉，一下沁入了内心的深处。仿佛有什么东西被释放了，消散了，但留下了一份爱的味道。

Part 4

你为什么哭了

▶ 我的胖友齐大福

为什么要开始写齐大福的故事？

因为我意识到，如果我不想被悲伤和怀疑打倒，就非得好好
吃饭不可。

正如齐大福所说："世界险恶，谈个恋爱可能遇到极品，找
份工作，老板只想剥削你。但只要有口好吃的，就能活下来。"

> 喝醉的文艺女青年还配不配吃早饭

我最讨厌那些明明瘦得要命的女人自称吃货了。实际上她们根本吃得没我多。随便到了一个餐厅就拿出手机来拍照，然后呼喊道："太赞了！"实际上可能剩了一大半。这些女人都太有天赋了，我说真的。将来我如果能开个电视台，一定请她们去卖锅。这么说没有任何恶意，因为最初的美食节目就是为了推销锅子，我听说。

我可能有过浪漫青葱、对世界充满善意的岁月，但随着年龄渐长我已经变得冷峻。这是一种发自内心的冷峻，归纳起来，就是认为这个世界上，一切人做一切事都有其目的。比方说，当一个女人自称吃货，她其实是在向世界示范一种"我好单纯而且很容易满足"的信号，这是一种对心机的隐瞒，一种对他人无耻的拉拢。然而同时我也意识到，我所自夸的这种冷峻，对我个人的生活不会起到什么好的作用。我总是在识破他人的目的之后依旧掉进他人的圈套，哪怕这个圈套设计得根本不高明。举个最简单的例子来说，那些吃货推荐的餐厅我都在大众点评里收藏了。这一切只能归咎于我的智商水平，我谁也不怨。

不过，在所有自称吃货的女人里，齐大福是特别的。

当我第一次见到她的时候，就意识到她为人诚实。因为她pang。当然不是那种失控的pang，而是在长期欢乐的饮食氛围与痛苦的减肥决心斗争下，一种有节制的、非常礼貌的pang。菲茨杰拉德写到汤姆·布坎南的情人茉特尔，也不得不承认"她像某种类型的女人一样，pang得很美"。而齐大福的pang比茉特尔还多了一种浩然正气！

我第一次见到齐大福是在北京的有机农夫市集。当时我失了业，心想自己必须得找件有益身心的事情来做做。有机，农夫，没有比这更符合我的需求的了。之前我因为一些诡异的原因关注过齐大福，她是有机市集的组织者之一。她说第二天的市集还缺一个志愿者，我报名，她准许了。

其实我之前做过志愿者，大致知道志愿者是怎么回事。当天也不例外，当我赶到的时候，集市已经开场了。

棚子支起来，路牌也已经设置好，反正这些工作统统都有人做完。我的任务就只是义卖一些图书，图书是其他志愿者捐献的，卖得的钱将用作给某一位病人的捐款。当天上午卖了十块钱吧，好像。

所以大部分时间都是闲着。有时候我也会去集市上转一下，想买点东西却又空手而归。逛有机市集的女性，有大概 30% 使用 Longchamp 的包包，这是我当天的一点心得。不过，不管拿的是什么包包，大家都有一个共同的信仰：有机的食品，可以挽救自己糟糕的厨艺；良好的食物，可以让灵魂得到慰藉。

好吧，以上都是废话。

我只是在拖延描述那个不可避免的瞬间：齐大福的出场。

齐大福是个美女！这么说可能会引起一点争议，但我要这样坚持。

她身材雍容，面如满月，穿着一件红色的上衣和白色长裙，随意戴着一顶草帽。

她不是那种要引起你惊叹的美女，也没有这个工夫。一整个上午她都在忙忙碌碌。打电话联系迟来的农户，给人指路，帮人卸货，与人交涉，组建饭局。

镇得住场子啊，齐大福。只要有她出现的地方，你就会由衷地觉得，所有麻烦都会迎刃而解。

因为没有（女）人能拒绝齐大福！

她比你高一个头，皮肤白皙，眼睛明亮，比长期萎靡的你生命力高出两个等级。她诚恳地对你所做的工作表示感谢，但在她面前，你会自觉你的工作其实没有那么了不起。她始终带着一种深怀体谅的神情倾听你说话，但即便如此，你仍会由衷地觉得，她未说出口的台词可能是："虽然现在我在听你说话，但这只是出于好意，因为我是个好人。其实你说的这些事情我马上就可以搞定。"

　　市集将散的时候，齐大福又被围住了。她被礼物包围，也被某些来自暗处的爱慕眼神包围。远远地，她从人群里看见我，走过来，递给我几包糕点和祁门红茶，并试探性地问："中午和我们一起吃饭吗？"

　　"啊谢谢……还是不了。我跟大家都不熟。"

　　我估计我要蹭饭也能蹭上，因为这些热情而朴实的人们是不善于拒绝别人的。

　　但我终究没好意思。也因为我觉得齐大福可以看透我。我压根就不是有机农业的狂热拥趸，只是一个中年失业且丧偶（是的我的词典里没有"失恋"只有"丧偶"）的无聊女性罢了。糕点和红茶都很好，齐大福后来发微博的午餐照片更令人垂涎欲滴。

这个女人吃惯好东西了，没有意识到这是种骄傲，当时我这样想。

　　我第二次见齐大福是在一家卖单一麦芽威士忌的酒吧。

　　那天我根本没想到齐大福会来，但她的出现还是带来了震撼。她是和另一位朋友一起来的，进门的时候她惊呼道："方悄悄，你怎么也在这！"

　　我们都没想到会在这里见面，因为当天聚在那间酒吧里的，是一群彼此也不怎么熟的乌合之众。一位来自延吉的男性和他的朋友们，一位来自台湾的女性和她的朋友们，而我和大福就处在这两个社交圈微妙的接口处。

　　延吉男性和台湾女性都很爱喝酒。他们曾经在延吉喝到两点钟，沙发上躺一下起来继续喝。他们都自诩为能喝之人——因为他们以前没和齐大福喝过。

　　齐大福，太神奇了！

　　一杯一杯威士忌喝下去，她的皮肤仿佛变得晶莹透亮，同时自如地和延吉男性洽谈着东北大米，那口气好像他们马上就要做这项生意。

　　"我们那儿的大米，哎哎哎！"延吉男性感叹道。

"下次你开车用后备箱带些过来，我尝一下。"齐大福用权威的口吻说。

我不多说我自己了，因为没什么好说的——我喝醉了。

散场的时候我还保持着最后的清醒，能感觉到齐大福把我架起来，狠狠地把我的包塞到我手里。

"先送我回家，再送她回家。"齐大福安排。可是当延吉男发动车子的瞬间，我打开车门，吐了。

太丢人了！我由衷地觉得。去齐大福家的路上，我一直在不停地试图道歉。"你能不能不要说话了？左拐。"齐大福异常清醒地主持着一切，恰如她在农夫市集的风姿。她就像完全没喝过酒一样清醒。大概因为酒精作用于体重的平均值低……我恶毒地这样想。

"好了我到了。"

"啊再见。今天真是对不起。"

"什么对不起啊，方悄悄你太逗了。"齐大福说。

她下车的时候还回过头来看了我一眼，即使在醉成那样的情况下，我仍能感觉到齐大福对我的命运是关切的。至于为什么，我想那是因为，齐大福 pang 吧！ pang 人的眼神比一般人的更具有分量，这就是传说中的万有引力原则，我想。

果然她走出几步，又奔了回来："你给我说说你电话多少？"

我异常清晰地报出了电话号码，在那天的情形下是个小型奇迹。当时我没意识到这个奇迹后来会救了我的命。

"我打给你了，你看下手机。"

我把手机紧紧握在手里，对着齐大福挥舞了两下。"你们赶紧送她回家。"齐大福对延吉司机说，那口气里多少有点威慑的意思。

但她的威慑落空了。等我多少清醒过来的时候，发现自己在一个黑暗的地方。十几秒钟的奋力思考之后，我意识到自己在酒店的房间。

"怎么没送我回家啊？"我喊道。

"找不到你家。你在这儿休息一晚上，明天早上送你回家好吗？"一个声音从浴室的方向传来。

"不行我要回家。"

"就休息一晚上吧！"

浴室水声响起来的时候我哭了。倒不是真正惧怕什么危险，而是痛恨自己居然落到了这个地步。被人弄到酒店房间里了，你这个尿货!

必须马上摆脱这个境地。

然而我找不到我的包,然后绝望地意识到我把它留在了车上。

但是,我找到了我的手机。齐大福下车以后,我就一直像个神经病似的把手机拿在手里。

那时候我只有一个选择了。

我拨通了齐大福的号码。

"方悄悄啊?"齐大福平静地接起了电话,就好像她一直在等这个电话似的。

"大福!救我!"我不顾体面地求救。

齐大福一声不响地听我说完。我仿佛能看到电话那头她亲切又轻蔑的神情。

"你把电话给他。"

我把电话给了穿着浴袍的延吉男。

然后我听到了一阵虚弱的反抗。"好晚了,司机已经睡了。"

"我不能开车,我喝醉了。"

"我真找不到她家。"

"明天一早肯定送她回去还不行吗?"

"好吧我打个车送她到你家。"最后他痛苦地说。

他带着我下楼的时候，我忽然想起来一件事。

"我的包还在你车里。"

"我帮你去拿。"他顺从地说。这时我确信，不管齐大福用了什么方法，总之对方已经是完全地缴械投降了。

我到齐大福家门口之后，才确认自己得救了。齐大福一脸不耐烦地接收了我。

"你睡沙发。"她说，"我睡床。"

"为什么？"我哭着问。

"最讨厌你这种文艺女青年了！"

"我怎么知道会这样啊……"

"不能喝就不要喝！"

"以后不喝了还不行吗？"

"你还哭啊，哭什么哭！你失身了还是怎么啊？"

"没有，我就是觉得丢人。"

"别哭了！再哭我把你扔出去！"

第二天早晨我被齐大福从沙发上拽了起来。

我环顾四下，忽然有一种强烈的感觉。

这是一个真正的吃货的家。

四下洋溢着一种"吃"的氛围。并不是说悬挂着红辣椒这种粗浅的表象，而是……可能是因为齐大福高大的身形，与厨房是那样奇妙地融为了一体。

"你在做什么？"

"有人从内蒙古给我捎来一块羊肉。"

言下之意是"便宜你了"。

是的，齐大福就是这样一位女性。她认为对一个半夜醉酒呕吐情绪崩溃的文艺女青年来说——尽管她不配，但羊肉烩面是再合适不过的早餐了。

齐大福在面里搁了一个北方人能想象到的那么多的辣子。

当我默默地把这碗面吃完后，她终于显出对我有了点兴趣。

"辣吗？"

"没吃出来。"

"你还挺能吃辣的。"她承认。

我第一次真正赢得了齐大福的尊敬。

在那之后，我和齐大福之间结成了一种奇特的友谊关系。

虽然她仍然对我不时发作的文艺青年症不以为然，但内心深处我知道，她已经用自己的方式接纳了我。而我呢，深以获得齐大福的友谊为荣。她凭借自身强大的重力势能，在任何场合都能畅通无阻。只要下定决心，她能进入她想要进入的任何一处厨房，吃到她想吃的任何东西，你很难想象一个女人居然能够拥有这种天赋。关于齐大福的故事是写不完的。我是说我肯定会继续写下去，那些我跟着齐大福混吃混喝，并且目睹她越来越pang的故事！

> 泰山顶上能有什么好吃的

这是赵天霸本周第三次被老板骂哭了。

"请问，你是不是猪？我把你招来是干什么的，你能不能给我复述一遍？"

有一秒钟，赵天霸以为老板的确需要一个回答。

"你把我招来是为了给你骂的。"这句话几乎脱口而出。但是老板扔下问句之后，并没有在她身边做任何停留。他马不停蹄地穿过一排工位，走到了创意区，瞬时间，他的尖叫声响彻了整个公司："天哪，你们真的以前做过创意？请问你们现在做的是什么狗屎玩意儿？"

"任何一份满意的工作，都会在第一周有三次以上辞职的念头。"赵天霸对自己说。

这是她职业生涯里换过的第三份工作，对一个公关行业从业者来说，这样的跳槽频率可以说低得吓人。赵天霸是个长情的人。除了不爱换工作，她还不爱换男朋友。这一辈子，她还只谈过一次恋爱——虽然这一点从表面上看不出来。

我和赵天霸第一次见面，是在齐大福安排的饭局上。

"这是天霸。"齐大福以她一贯的简短方式介绍道，似乎这个名字就代表了很多。

"对啊对啊，我是天霸。"女孩兴高采烈地说。我一眼就看出，她喝酒了。

"你本名就叫天霸啊？"我说，"为什么不是霸天？"

"缺什么补什么。"齐大福解释道，"她这个人，五行缺霸，所以取个名字压一压。"

五行缺霸是什么意思？就是个……包子呗！赵天霸的包子本性直接体现在了她的酒量上。"把赵天霸喝到挂，只需一杯鸡尾酒。"齐大福平静地说。

第一次见面，赵天霸喝了两杯龙舌兰日出，果然挂得一塌糊涂。我拖着她去洗手间，吐过了，洗了一把脸，她看着镜子，忽然用一种推心置腹的口吻对我说："我前男友是个好人。"

"啊？"我吓了一跳，但又觉得否定也不太好，"嗯，好人。"

"我们就是不合适。"

"嗯。"

"我们在一起八年了。房子都买了，为了装修我拼命赚钱，每天都三四点才睡。"

"嗯嗯。"

"我们现在还是很好的朋友。他要还我装修的钱，我说不用了。我说在一起这么多年，不是用钱能衡量的。"

"你说得对，但是钱该要的还是得要回来。"

"你不懂。"赵天霸说。这时候齐大福闯进了洗手间。

"是不是又在说前男友的事儿啦？"她嚷道，"这个没出息的家伙！"

"总说自己已经好了好了没事儿了。"齐大福接着抱怨，"每次喝完酒又都这样！你别管了，我送她回家。"

那之后我和赵天霸又见过几次。

但她也没再喝酒了。

她说最近换了个工作，老板是行内著名的催命三郎，以嘴贱及高冷著称，但偏偏各大品牌就是买他的账，据说连一位以贱著称的互联网巨头都追在他的屁股后面求他接单。

"我就打算去他那儿脱层皮。"天霸说，"这才不枉费了我赵天霸的美名。"

不过决心历来和实践有一定差距。入职的第一天，天霸就加班到一点半。晚上十一点求着创意们开完会，紧接着就开始做报价单。但饶是如此还是被老板骂了个狗血喷头。"你这做的是给谁看的报价单?你以为别人看得懂中文?"赵天霸要不是想象了一会儿发工资的情形,那一刻连扑上去掐死他的心都有。

听到短信声的时候赵天霸暴躁地骂了一声 F**K。这年头还有人发短信!她正在线上和甲方的市场总监做一次殊死搏斗,因为对方笃信"只有我改过的方案才是完美的方案"这一真理。不过,她还是瞟了一眼手机屏幕——她不习惯错过任何讯息。

那个号码让赵天霸的心跳短暂停止了一秒。

"我结婚了。"那条短信说,"我想,应该告诉你。"

赵天霸拿起手机。她盯着那条短信,看了能有两分钟。

老板的尖叫声好像又在办公室的某个方位响起了,任务栏无数个 QQ 头像在跳动,但赵天霸管不了那么多了,她拿着手机,爬上天台,然后想了想,拨出了一个号码。

电话那头齐大福的声音很冷静——就好像她知道她要打这个电话似的。

"我前男友结婚了。"

"祝贺。"

"就住在我给他装修好的新房里。"

"不然住哪儿？"

"大福我跟你说，我现在站在天台上，你要不跟我说几句中听的，我真能跳下去。"

"天台算什么。"齐大福说，"泰山敢跳吗？"

"什么，你再说一遍？"

"去爬泰山，看日出，走不走？"

说走就走。既然是自己要寻死觅活，又怎么好意思中途退缩？赵天霸没跟任何人请假，打了个车回家，换上登山鞋和冲锋衣，去楼下的便利店买了三根士力架。然后她坐地铁去了北京南站。从北京到泰山，三小时四十分，一路上，齐大福和赵天霸就默默地咀嚼着动车一等座分发的牛轧糖。到达泰山的时候是晚上十点。在送登山的中巴上她们还遇上了一群大学生，有男有女，也是兴冲冲地来看日出。天霸和齐大福冷眼旁观，目测其中必然发生几段奸情。不过，年轻人对世界也有自己的观察："姐姐，你们这么晚来爬山，是不是失恋了？"

呸，你才失恋了，你们全家都失恋了。赵天霸觉得自己的痛苦和普通的失恋完全不是一个量级。这个世界上有那种"我忽然不想跟你玩儿了"的失恋，也有赵天霸这种失恋。这种失恋的痛苦，赵天霸不信世界上还有任何人能理解。为了摆脱这帮吵吵嚷嚷的小屁孩，中巴车一停，赵天霸就以最快的速度上山了。失恋的女人体能惊人，眼看到了中天门，赵天霸才停下，等了一会儿齐大福（大家还记得吗，她是一个 pang 子），两人默默分享了一条士力架。"前面就是南天门。"天霸说，"我们快到了。"

就在准备重新出发的时候，情况起了一点变化。

"下雨了！"赵天霸尖叫。

"是啊天气预报说了。"齐大福说，"阵雨。"

"下雨你还叫我来！你这不是谋财害命吗！"

"放心吧死不了。"

雨下得不大。但是，路变得很滑，暗淡的路灯在蒙蒙的雨雾中显得愈加凄清。天霸觉得很冷，是一种从骨子里透出来的冷，冷得像一根冻了三个月的冰棍，她这辈子都没有这么冷过。牙齿开始打战，腿开始迈不开。问题在于冷这种东西，只要一有感觉，立马程度就会加倍。"不是说有租军大衣的吗……"赵天霸呻吟，"再不出现，我可能要挂了。"

"这个。"黑暗中，齐大福递给她一个硬硬的东西。

"这什么？"

"二锅头。"

"你麻痹……"

"你喝不喝？"

"……喝！"赵天霸悲愤地说。这是她这辈子第一次喝二锅头，不过，这也是她这辈子第一次在雨夜爬泰山，第一次要去看日出，对不对？凡事都得有个第一次，大多数第一次就像二锅头一样从嗓子直烧到胃里——那些说初恋美好的家伙，都是骗死你不偿命的。

平时只能喝一杯鸡尾酒的赵天霸愣生生地灌下了一瓶小二。当她手脚并用、拖泥带水地到达泰山之巅，时间是凌晨一点。没有预想之中的激动和壮志满怀，她只觉得累，累得不想说话，不想吃东西，不想吐，不想回忆，也不想睡觉。齐大福是四十分钟以后爬上来的。考虑到她的体重以及因此要多做的功，这个成绩也算了不起了。她一上来就决定："得吃点什么补充能量。"

"你得了吧，泰山顶上能有什么吃的。"

"我带了。"齐大福说，这时天霸才注意到她背的那个防水双肩包。齐大福带的东西并不多，两袋辛拉面，一包泡菜，四个鸡蛋。

那个夏天多雨，隔三岔五地下，我感觉这一辈子的雨，
可能都在那个夏天落完了。

感谢我们有一次完美的道别，一次将所有的悲伤、欢乐、
喜欢、哀愁和希望都囊括其中的道别。

曾有一部分被自己也遗落了的过去，却在陌
生人那儿保存着，在那些残缺、失真，然而
又可能比自己的记忆更真实的片段里，自己
又是什么样子呢？

不知道她怎么做到的，居然能说通山顶那个小气得要死的面馆老板，让她用了厨房，还借出两副碗筷。

　　"不想吃。"天霸说，"我感觉要死了。"

　　"必须得吃！"齐大福怒了，鉴于她的重力势能，怒起来也是威势惊人的，"陪你爬泰山也就算了，竟敢不吃东西！我跟你说泡菜是我腌的，鸡蛋是我摇着尾巴追在人家农场屁股后头给你求来的，可以救命的东西。"她把筷子往碗里一戳，金色的蛋黄噗地冒了出来，"你不吃，就看不到明天的太阳了。"

　　"大福你说明天太阳会出来吗？"天霸有气无力地问。

　　"太阳怎么会出不来？快吃！吃饱了，对着日出许个愿，比对流星许愿灵多了！"

　　日出时间是早晨的六点五十二分。

　　这个太阳真是令人失望啊……就像一个不怎么新鲜的蛋黄，从蛋白一样的云层里滚了出来。

　　也许世界上的事都是这样吧。

　　你长途跋涉，背井离乡，一心奔赴的生活，其实不过如此。而那个之前让你有勇气做这一切的人，那个让你宁愿被老板骂得狗血喷头，宁愿熬夜三四点还在写软文、编微博、写 PPT，梦想着你写的每一个字，都会变成地砖，变成墙纸，变成一块亚麻布、一扇门窗的人，他已经有了自己的幸福。

"他结婚啦！"赵天霸对着太阳喊。

"真的是失恋了耶！"大学生们赞叹，"姐姐好样的！"

"你这样喊没用！"齐大福提醒，"你得许愿！要不骂几声也行啊。"

"我恨他——"

"继续！"

"我祝他不——得——好——我祝他，幸——福——"

"所以说包子就是包子。"齐大福说，"五岳之首啊，一览众山小啊，希望能给她涨点霸气！我这么美好的愿望，被她浪费了。"

然后呢？

"然后，回去上班啊。"赵天霸说。

"老板没扒你一层皮？"

"没有。星期一，我还没等他开口，就跟他说，帮我约客户，不过我明天没时间，周五也没时间，只有周三周四的下午，三点到四点之间，过时不候。"

"然后呢？"

"然后？"赵天霸双手握拳，脸上闪现出一丝笑容。那一刻，我们依稀在她脸上，第一次看到一丝"霸气"的影子。

"然后呀，然后他说，好。"

> 怎样治疗绿茶婊的厌食症

齐大福对林茉莉说："你以后啊，其实可以奋不顾身地吃，但别再奋不顾身地爱。"因为，你虽然有一个可以分辨食物好坏的胃，却还没有进化出一颗可以分辨男人好坏的心。

远远走过来一个又瘦又白、黑长直发、穿着粉色小洋装的女人，袅袅婷婷的样子，一看就是只绿茶婊。

没想到，她居然施施然到了我们这一桌，一坐下，就对齐大福诉苦："我再也受不了我的助理了！"

"助理怎么了？"齐大福不动声色地问。

那是我们第一次见到林茉莉。

我和天霸、齐大福，那天在一家韩餐馆，兴致勃勃地要吃海鲜辣酱炒面。聚餐计划里本来没有林茉莉，但她看到齐大福发了微博，硬是打车穿过了半个北京城过来："我也要吃！我今天要吃点刺激的。"

"助理又怎么刺激你了？"

"现在的年轻人是怎么啦？"林茉莉恨恨地说，"今天我让她加班，她居然说自己不舒服，迟到了一个多小时才来公司，还说加班代表能力不够！对了，昨天她跑去跟另一个组的组长吃饭，什么意思啊，是嫌我对她不够好，想跳到别的组吗？来一份辣白菜五花肉。"

"那你对她到底怎么样嘛！"齐大福问。

"我对她还能怎么样？Excel 的公式手把手教，就差没帮她录入数据了。今天我是让她加班了，可我不是也加了整一天吗？五一大促只有二十天了，今天需求还没搞定，我也不想加班，我还失恋了呢！加一份肥肠炒米肠。"

"你怎么又失恋了？"

"渣男劈腿。"

"能不能来点新鲜的？"齐大福说，同时叮嘱服务员，"刚才她点的都取消，给她来一份酱汤配米饭。"

这、是、为、什、么？

要知道，不能拦着人吃饭，那是齐大福的一项基本美德，也是她发起"与福同 Pang"大型公益活动的初衷。

不许人吃饭，只许人喝汤，这在齐大福身上，我们还是头一次看到。

而这就是林茉莉的特别之处。

我们认识齐大福，是因为能吃，而她认识齐大福，恰恰是因为不能吃。

简单说来是这样：林茉莉长了一个特别敏感的胃。夏天的烤串，冬天的火锅，任何食材只要不够新鲜，进入她的胃半个小时以上，就能引发一系列复杂的有机化学反应，也就是，拉肚子。

这个特性让林茉莉很苦恼。单位同事聚餐，大家都吃得开开心心，只有她一个人对着菜单挑来拣去，反复询问服务员"都新鲜吗"（谁还能回答不新鲜）。但就算如此，她中招的时候也不少。一来二去，她成了全公司最喜欢喊饿但到了地方却又吃最少的人，相当于中学时候那个每次都说没复习却每次都考第一的优等生。人家越吃越胖，她却越吃越瘦，人家胖到了四海之内皆兄弟，她却瘦到了没朋友。

为了改变这种状况，林茉莉做出了各种努力。她去健身，她去看中医，她吃胃药，她喝益生菌。但种种方法都收效甚微，该拉肚子的时候照拉不误。

她是在近乎绝望地寻找食物的过程中认识齐大福的，看到齐大福的微博转发的有机市集的消息，她也好死不死地凑上去问了一句："你们这些吃的都新鲜吗？"

"我还以为她是故意来找茬的。"齐大福说，"当时心情也不好，劈头盖脸给她教育了一顿。"

　　林茉莉也不是省油的灯，当场回呛，结果一来二去，两人倒是聊上了，林茉莉还订了一个农场一季的菜，当上了会员。

　　不过这两个人的关系发生变化，还是从林茉莉的一个半夜三点的电话开始的。当时她为什么会鬼使神差地就想给齐大福一个人打电话，这事她自己也说不清。

　　巧的是齐大福那天正好失眠。一个 Pang 子居然会失眠，这件事可能超出一般人的想象，但这个问题暂时不重要。

　　"你怎么了？"

　　"我刚刚下班。"林茉莉的声音里带了一丝哭腔，"助理帮我做回归分析，但是把数据源搞错了，结果明天就要，我训她她居然还哭了，我只好自己做了一遍。"

　　"然后呢？"

　　"然后就是……我失恋了……"

　　那是林茉莉上上上次的失恋，时间是在半年前。当她筋疲力尽地跑完回归方程，打电话想让男朋友来接她的时候，接起电话的却是一个陌生的女人。

在给齐大福的电话里，林茉莉呜呜咽咽地讲了半个多小时，关于她跟这个男人怎样拥有一个浪漫无比的开始，关于她怎样在他没有工作的时候无怨无悔，怎样动用所有关系帮他找到了合适的工作，怎样打算过年就去他老家见他父母，最后，怎样得知他居然有个从小青梅竹马的女朋友。

齐大福后来承认，她听了一两句，就把电话开了免提放在一边，当作背景音，自己该干嘛干嘛了。只在最后，林茉莉的一句话才引起了她的注意。

"我想吃火锅。"林茉莉说，"我要去篦街吃火锅。小山城，宽板凳，牛蛙，牛丸，变态辣，要吃到爆炸！大福你跟去吗？我请客！"

齐大福愣了一下："你不是不能吃这些吗？"

"可我想吃啊！不吃这些，我心里的东西发泄不出来……"

敢情这姑娘，是把拉肚子当成了心灵的出口啊！齐大福真是叹为观止。不过，她到底不是铁石心肠，想了想，她邀请林茉莉第二天来她家吃火锅。齐大福那天做的火锅很特别，炖了一只鸡做汤底，涮菜只有青菜和蘑菇。那顿火锅林茉莉吃得痛快淋漓，第二天一称体重，重了两斤，再摸摸肚子，居然一切正常。

林茉莉站在体重秤上，莫名其妙地热泪盈眶。

从此以后这几乎成了林茉莉和齐大福的相处模式，因为林茉莉失恋的频率，实在是较为频繁。失恋了的她总是报复性地想吃点儿刺激的！"你真的不要这么作，你那恋爱叫恋爱？"齐大福这样教训她，"人家失恋是大病一场，你失恋就拉个肚子！"但说归说，她还是奋勇保护着林茉莉的胃，"只许喝酱汤"就是一例。

不过这一次，齐大福的保护并没有完全成功。

第二天她告诉我们，那间馆子不能再去，因为林茉莉早晨上了三次厕所。

"就一碗酱汤也能吃坏？"天霸表示不解。

"不是酱汤，她说大概是送的凉菜有问题。"

"可凉菜我们都吃了呀！"

"在这一点上应该相信林茉莉，只要她吃过没事儿的地方，食材肯定过关，比食药局管用——反之也成立。"

然后她又加了一句："只要是她喜欢过的男人，肯定是人渣，不是劈腿就是娘炮，至今为止无一例外。"

从那次以后我们都期待着再和林茉莉吃饭，再次体验她人肉食药局的神奇功力，但是不巧，接下来的这段时间，林茉莉特别忙。

他们部门总监跳槽，副总监扶正，空出来的那个位置，每个项目组长都在觊觎，但最有希望升上去的，毫无疑问是林茉莉。

"只要把五一大促做好就没问题，我有这个把握。""与福同 Pang"微信群里，林茉莉说话自信满满，又是一口的绿茶腔。

一切似乎都很美好，再加上，她又一次恋爱了。

这一次，是与一个大叔浪漫邂逅。大叔和林茉莉不在一家公司，但在一栋大楼。他们总是在早晨的同一时间登上同一部电梯，林茉莉在三楼，他在二十三楼。有一次林茉莉晚到，大叔就在电梯边等了二十分钟，这就是他们交往的开始。

"果然外表绿茶就很占便宜。"天霸说，"要不你给我上节恋爱课，怎么让男人一见钟情？"

"大叔啊，听上去很美。"齐大福问，"不是我不相信爱情，我就想问你，这次真的靠谱吗？"

"靠谱，他对我特别好。"林茉莉说，"真的大福，他对我好到我一说饿了，他就放下工作去给我买吃的。"

"他给你买的什么吃的？"

"煎饼果子。别笑——我跟你们说特别浪漫！他总是会一次买两个，自己先吃，吃下去觉得没问题，才准我吃。"

"那你吃完以后肚子怎么样？"

"很好啊！"林茉莉说。这句话，不知怎么，我们都没怎么信。

不知道爱情的甜蜜会不会治愈林茉莉的肠胃，但工作的压力绝不会因为谈恋爱而减轻。

五一大促迫在眉睫，林茉莉每天就像一根点燃了的鸡毛掸子，横扫各个部门——今年的机票必须比去年多卖出三十巴仙，这是大领导给林茉莉下的死任务。对小助理的工作态度，她很不满意："为什么要你准备的促销资料还没有准备好？你不知道三天以后专题就要上线吗？"

"我不打算准备了。"小助理说。忘了说，小助理和我国最好的女演员之一叫一个名字：周迅。

"什么？"

"我申请调组。我觉得你这个人，对同事缺乏起码的真诚和尊重。"

什么？

"我要去兰姐的组。"叫周迅的助理用一种大仇得报的口气宣布道，"你交代的任务没法完成，技术部门已经说了，他们抽不出人手来跟你合作，他们在忙兰姐酒店那边的销售专题。他们只能给你一个页面链接。"

"我知道了。"林茉莉咬着牙根说。一切都很清楚。小助理真的被挖了墙脚，在她最不能出错的时候。

但有一件事周迅不知道。

林茉莉虽然现在做的是营销，但大学里的专业，是计算机。

没有当成苦 × 的程序员，但是写几行代码，自己操作一个专题，这点信心……林茉莉闭上眼睛，在座位上靠了十五秒。

睁开眼睛的时候，她打电话给二十三楼的那位大叔："我想辞职。"

"为什么？"

"别问为什么。"林茉莉说，"就现在，我辞职，三十秒之内，你下来带我走，好吗？"

"你……你别冲动。"大叔不知怎么着了慌。

"那就一分钟。"

"可我……"大叔已把一口牙齿咬碎，"我今晚要陪我老婆吃晚饭。"

原来是一枚隐婚的大叔……林茉莉的渣男记录簿上又加上了光辉的一笔。她不知道，这一切是什么时候、怎么发生的，只知道自己又一次被骗得四脚朝天。在这个世界上，唯一不会骗人的，就是工作了吧……林茉莉知道自己没有哭的时间。同事们纷纷下班了，不知道有多少人会在背后传说她和助理的那一场好戏。林茉莉翻着邻桌的外卖菜单，给自己叫了一碗酸辣粉，用最快的速度吃完以后，等着胃部的抽痛来临，然而，并没有。

接下来的两天，林茉莉每天加班到三点，困的时候就趴在桌上睡一觉，醒来继续。大学里学的代码很多都过时了，她只能一边做一边打开网页看教程，但没有人理她，没有人向她伸出援手。

有时候这个世界上的事情没有任何理由，你想得到的，就像优等生必须得是绿茶婊，就像林茉莉想要的浪漫爱情，必须以一场翻江倒海的胃活动告终。

两天以后专题完成上线，凌晨四点，林茉莉终于打车回了家。她想她应该洗个澡，但又觉得应该先吃顿饭。可是，就在"吃饭"这个念头从她脑子里闪过的时候，她都来不及扑向马桶，就哇地吐了。

她吐出了两天前吃的那碗酸辣粉。林茉莉蹲在浴室的地板上，淋浴的水冲过头顶，她呆了一会儿，忽然听见自己的说话声。然后她再呆了一会儿，渐渐可以听清，原来那个声音一直不断地在重复"我累我累我累我累……"。林茉莉深吸一口气，连身上的水都没擦就蹦到卧室，拿起电话，拨通了齐大福的号码。

齐大福接起电话的那一刻，那头是静寂无声。

然后，林茉莉爆发出了排山倒海的哭声。

"大福！"她哭得几乎连气都喘不上来，"大福怎么办！我觉得我快要死了！"

"你到底怎么了？"

"我两天没有吃什么东西了，现在吃什么就吐什么，真的我快死了，大福，怎么办？我是不是要打120？"

"打个屁的120。"齐大福断然否决，"你等着，我来看你。"

齐大福到的时候，林茉莉披着毛巾，头发上还滴着水，奄奄一息地窝在床上。

"你怎么了这是？"齐大福问，"工作把命搭上了？"

"我又失恋了齐大福。"林茉莉想到这点又悲上心头，"为什么我总是这么倒霉？"

"因为你啊，又没有那个胃，又总想吃点重口味。"齐大福说，"你家有纯净水吗？"

"客厅饮水机——你要干吗？"

"我给你做点吃的。"

"喂你别给我做火锅啊，这会儿吃火锅我真会挂了。"

"谁给你做火锅啊美得你。"齐大福的声音从厨房里遥远地传来，"病人只能喝粥。"

林茉莉想说，粥也不用熬了，我什么都吃不下，我这么失败的人还是饿死算了。

可是，不知道齐大福用的是什么米，粥的香味浓得不像话，从厨房那边慢慢飘过来，终于充盈起整个房间，让林茉莉觉得模模糊糊的安心又温暖。

浪漫的爱情就像麻辣火锅，林茉莉模模糊糊地想，这种东西以后我可能真的不能再吃了，但只要喝完这碗粥，我应该就能继续绿茶满满地活下去。

五一过后，林茉莉升职了。她升职以后做的第一件事就是开掉了那个和影后同名的前助理。

"真的看着她收拾东西离开工位的时候我开心极了。"林茉莉说，"居然还有人为她求情，我就想问了，到底我们谁是绿茶？"

"当然是赢到最后的那个。"齐大福说。

▶ 外婆的面条汤

01

"你赶紧来医院一趟。"

"怎么了？"

"你外婆又在医院打医生了。"

等我到了医院，才发现这是一个小型骗局。不，不是说我外婆没有打医生。而是"来"和"去"的微妙差异。

我妈给我打电话的时候，我还躺在床上。没有仔细分析她的话，以为她也在医院等着我，因此洗了一把脸就匆匆赶过去了。结果到了医院，妈妈根本不见踪影。外婆半坐在病床上，见我到了，很轻地喊了一声："卷卷。"

看她这副乖巧的模样，很难相信她刚刚打了医生，并且险些掀去了医院的半张屋顶。

不过，还是有蛛丝马迹。我一低头，就看到地上有残留的菜叶汤汁的痕迹，很容易想象出刚才发生了怎样的一场混战。

外婆确诊老年痴呆症已经大半年了。大半年前，也就是去年年底，妈妈哭哭啼啼地打来电话，我还以为外婆已经去世了，得知是老年痴呆症，我松了一口气。

那时候，我自己正好遭遇了一些事，想放弃在北京的发展回到家乡。既然已经有了这个想法，再听到外婆的病情，我就迅速地行动起来。首要的事情是先回老家，买下一处带家具和家电的小二手房。然后在 Bing 上搜寻合适的长途搬家公司，把所有的家当打包运走。把北京的公寓转租，签好合同拿到余款之后，买机票飞到老家，行李也刚好到达。收拾行李、添置一些日用品，大概用了三天。

一切仿佛发生在眨眼之间，我回到了这里，我出生、长大的地方。这番折腾之后，工作六年的积蓄差不多消耗一空。

"卷卷。"外婆又喊了我一句，"你不是在北京吗，怎么回来了？"

"听到你打医生我就飞回来了！"我说。

"是那个医生先骂我！"外婆一改跟我说话的温柔口气，很凶悍地反驳。

半年来，我和妈妈分别照顾着外婆。

因为外婆不肯让我们给她雇保姆，很难说这是她清醒的坚持还是病中的执拗，因为她本来就是一个固执的女人。为了她的这个决定，妈妈可没少抱怨。"年轻的时候打打骂骂，到老了还要折磨子女！"妈妈在我面前这么说过。但其实，外婆并没有太过折磨我们，我和妈妈要做的，就是轮流每天去她住所一次，送饭，并且收拾房间。

不管是痴呆还是清醒，外婆都算一个很爱干净的女人，所以，我们要做的活也不算多。

这一次，外婆住院，倒不是因为老年痴呆，而是煤气中毒。

幸亏天气还不冷，厨房的窗户开着。但是，在邻居报警后通知我和妈妈赶过去的时候，外婆已经昏迷在床上，大小便都失禁了。

那天妈妈比我先到。等 120 的时候，她一直在哭，见到我就哭得更厉害。

"都怪我！"她呜呜地说，"都怪我，我应该坚持给妈妈请个保姆，就不会这样了。她要是就这么走了我可怎么办……"

这种哭诉非常不理性，而这就是我的妈妈。如果要我说，她在她的一生中，都几乎没有过什么理性的时候。

外婆被送到医院以后，出乎意料地，恢复得很快，大概因为她原本就身体很好的关系。而且，外婆脑子也灵光。

年轻的时候，做了市里食品店的会计，虽然没有什么大油水，但小处占便宜肯定有一些。妈妈就一脸厌恶地说过，外婆曾经让她背着筐子去食品店装糯米，上面盖着青草，别人看见了，就说是割草回家喂鹅。

　　"那时候大家都很穷，她这就是贪污！"妈妈说，"而且，我们家根本就没有养鹅。"

　　妈妈这么控诉的时候，大概是因为刚刚在午饭的菜色上大获全胜，外婆居然没有被触怒，而是一脸的怡然自得。

　　那天是星期天，是我和妈妈的分工中都要去看外婆的一天。午饭吃了炸丸子、糖醋小排、冬瓜骨头汤和干炒花菜。记得特别清楚，就因为吃得这么油腻，妈妈和外婆还吵了一架。

　　"妈你也别这么说，外婆要是不贪污点，她一个女人怎么养得活你跟舅舅。"

　　外公，在妈妈很小的时候就去世了。舅舅去了美国，走的时候把自己的房子留给了妈妈，大概就是让她从此照顾外婆的意思。从此以后，除了逢年过节打打电话回来，就算是失去了联络。

　　妈妈离婚以后就住在舅舅的房子里。这是十年以前，我刚考上大学时候的事了。

妈妈之后就很喜欢对我说，其实她早就知道爸爸在外面胡来，但为了不影响我的学习，就一直忍着。我反而觉得这是种无谓的牺牲，因为，我早就知道了！

总之一句话，这就是我的家庭。所以我自己后来出的事情也不足为奇。

02

我给外婆办了出院手续。

去找主治医生签字的时候，他不在，在的是他的实习生。

"你就是，啊，你就是……"

"我就是，怎么了？你为什么要骂我外婆？"看到他的白褂子上还有一大片油腻，我恶人先告状地嚷了起来。

"老人家非要吃回锅肉，我就劝了几句……"

"你们医院还有回锅肉吗？你们怎么能给病人吃回锅肉？"

"不是我们医院的回锅肉，是隔壁床家里人送来的回锅肉……你外婆，非要吃人家的回锅肉……"

想到外婆当时蛮不讲理、凶神恶煞一般的场景，我实在忍不住，噗的一下笑了。

他愣了一下，也笑了。笑完之后，拿起笔签了字。

"你代签没问题吗？"我问。

"出院我代签没问题的。"

"因为早就盼着我外婆出院了吧。"我板起面孔。

他有些困惑地瞅了我一眼，那神态真是天真无邪。我只好又笑了："我跟你开玩笑的，唉！这些天谢谢你们照顾我外婆。她肯定给你们添了不少麻烦，对不起。"

送外婆回家的路上妈妈也一直在嘟嘟囔囔，抱怨医院这不好那不好，每天打那么多药都是骗钱，吊瓶里肯定都是些葡萄糖，抱怨饭菜差，医生不准她吃饱。

说到吃，我想起来问外婆："你半夜三更的为什么要起来开煤气！不是饭菜都给你做好了吗？放到微波炉里热一下不就行了！"

"你懂什么！"外婆不屑地反驳，"微波炉热出来的东西不好吃。"

"你再这样我把天然气给你停了！"

"你敢！"

"你看我敢不敢！"

外婆不作声了。

唉，外婆也跟世人一样，是欺软怕硬的家伙。

然而，我喜欢外婆。或许比喜欢妈妈还多。

跟妈妈相比，外婆也更关心我。这次离开北京回家，原因是什么，妈妈问了一句被我凶回去，就再也没提起这个话头。倒是外婆，虽然时而糊涂时而清醒，但清醒的时候，便会十分地关心我的生计。"你在北京是干什么的呀？"我告诉她，我跟我的搭档给企业做成品检测，他负责揽活，我负责出报告。不知道外婆是因为本来就听不懂，还是因为得病了记不住，这个问题反复地问了我二十几次，而且每一次问完，都要再加一句："那你回来还能挣到钱吗？"我说："不能。"她就唉声叹气："那你还是回去吧，别待在这儿，变得跟你妈似的。"我心情好的时候就说"没关系我还有钱"，心情不好的时候就回"我妈怎么了！"，她就不出声了。

从小就是这样，我只要一凶，外婆就偃旗息鼓，所以我是我们家最凶的人。

不过，凶归凶，我也的确要考虑自己的生计。

存款快要见底，工作没有着落——这也是意料之中的事情，因为我做的检测是室内空气除尘设备，在我们这个小城市根本没有这个选项。

前两天，工作搭档给我发来了邮件。先是说了一番多么怀念我们并肩作战的过往，关切地询问了我在家乡的境况，最后话锋一转：

"你的心情整理得怎么样了？我觉得，你也不能永远走不出来吧。"

我的心情，看到这句话，就咯噔了一下。果然他之后就委婉地说，如果我确定不再回北京，那么他就要开始寻找一个新的搭档，之前用过的几个兼职都不错，其中也有愿意离开原来公司跟他单干的，他也不忍心让别人失望云云。

我合上电脑，走进厨房。那天，是轮到我给外婆做饭的日子。

相比妈妈在厨艺方面的能干，我做饭的诀窍就是把一切都炖得稀烂。

03

"你妈没来啊。"打开家门，外婆就失望地说。

今天是星期天。这一天，按照之前的约定，应该妈妈也来外婆家里，她做饭，我打扫，吃完饭以后三个人一起聊聊天。

"是没来。怎么了？我妈就不能有一点自己的生活吗？"我不动声色地说。

"你不要老护着你妈。"

"我护不着她。"

"她肯定是谈恋爱了。"

"有可能吧。"我说，"那吃什么呢？我不想做饭，叫点外卖怎么样？"

"我想吃面条汤。"

"那我找个面馆好了。"

"我说的面条汤！"外婆的怒气是突如其来的。忽然之间，我凭借本能知道，这时候不该跟她硬顶。

"我哪里会做什么面条汤嘛。"我说，"那你教我做好了。"

"我不教。你妈会做，你问她。"

说完这句话，外婆就进了里屋。隔着门帘，我看见她径自躺在了床上：脸朝里。

出事那天的床单都已经扔掉，不知何时，床上已经换上了淡紫色、上面有大朵百合花的床单，一看就是我妈的品味。

我打电话给我妈："外婆说要吃面条汤。"

谁知道，她断然拒绝："我不会做那个。"

"她说你会做。"

"她记错了。"妈妈说，"是她给我做的，就做过那么一次。"

那一次，是在外公去世以后。妈妈当时十岁，已经要承担一部分家务。早晨，她要第一个起床，通好火，洗好米，倒进铁饭锅焖上。等外婆起来炒了菜，就可以带好到学校去吃的午饭。妈妈总是抱怨外婆做的菜难吃，所以，当她有了更多自理能力的时候，就宁愿辛苦也要自己做菜。而外婆呢，不说欣然，至少也是十分自然地接受了这个事实。我唯一困惑的是，照理说来，这样长大的妈妈，应该性格十分坚韧才对，可我记忆中的她，除了厨艺很好，对生活的态度就是没主见＋爱抱怨。爸爸出轨的事情也是。她根本不知道自己是要坚决断绝、挽回家庭还是忍气吞声，几种态度交替着出现了几轮，跟除了我之外的所有人抱怨，最后离婚的时候，也就跟我爸差不多成了仇人。

有这么一个妈，我后来出的那点事儿，简直可以说是情理之中了。

对于妈妈出乎意料的性格，外婆有过一针见血的评价："你妈妈，喜欢做饭不是因为别的，就是因为想自己吃口好的，喜欢享福啊，这点像我。"跟她们俩相比，我算是一个完全不知道享福两个字怎么写的苦行僧。

"妈妈说她不会做什么面条汤！"我捂住电话，对里屋喊。

里屋一点动静都没有。外婆没有翻过身来。

这时候，妈妈忽然在电话里说道："你等等，我想起来怎么做了。"

说起这个汤的做法时，她的声音明亮又清晰。

我忽然觉得，也许她真的是在谈恋爱了也说不定。

04

我去楼下旁边的利民超市买制作面条汤的材料。

说得那么玄乎，其实材料都很简单，就是挂面、姜、鸡蛋、胡椒、葱花、豆豉而已。

当然，妈妈也只是凭着记忆，大致做了点指导。因为她这一生也只吃过那么一次面条汤。

结账的时候，排在我前面的那人，买的东西堆了满满一购物车。小城市就是这点烦人呢，一到吃午饭的点，小超市也只剩了一个收银口。

我拍了拍前面那人的肩膀："先生，能不能帮个忙……"

他一回头，看着我，咧嘴笑了。

我一怔，他用手捂住了下半张脸。倒不是他的长相，而是他的这个动作提醒了我。

"你是……"

他就是那个不懂得开玩笑的实习医生。

"你怎么会在这儿？"

"我就住这儿。"

"你不是上班吗？"

"星期天我就当半天班。"他说，"实习医生也是人哪。"

一个小时之内，他的幽默感似乎获得了少量提升。我有些讷讷，不好意思再说请他让我先结的话。

倒是他，看了一眼我筐子里的东西，主动提出："要不你先结吧。"探着头看我一样一样拿出东西，他忽然问，"你是要做面条汤吗？"

"你怎么知道？"我惊了一跳。

"给病人吃的嘛。"他说，"挺好吃的呢。"

好吃？我实在无法想象。不过，这种食物应该是我可以驾驭的。因为它的要诀，就是把姜、豆豉、胡椒都在炒热的油锅里磨碎，倒进汤之后，把鸡蛋打碎放进去，把面条煮到几乎融化。

妈妈说，有一次她做饭的时候不小心把一锅水打翻在了煤上，为了掩盖这个错误她又打开炉门加进木柴生火……醒来的时候，外婆泪眼婆娑地坐在她的身边。

"就那次给我做了面条汤。"她说。

我拎着面条汤的材料，走到楼下的时候，实习医生跟了过来。

"你跟踪我啊？"

"不是，我就住楼上。"

"如果你不住这儿我可就要报警了。"

"随便。"

在秋日淡淡的阳光下，他那一刻的笑容显得天真无邪。

"我真的住楼上啊，经常看到你来给你外婆送饭。"

"呵呵。"

"你是从北京回来的吧？"他说，"为什么要回来呢？听你外婆说……"

天哪，这个老太婆怎么还学会了跟邻居扯闲话！

"我外婆有老年痴呆，她说的话你可不要当真哪。"

"也是。"这年轻人说，"你外婆说，你是因为搞婚外恋，在北京待不下去了，才回来的。"他嘻嘻地笑着，"我可喜欢跟你外婆聊天呢。"

"她还跟你说什么了？我一起辟谣。"

"她还说，你虽然做饭很难吃，人也很凶，还有一些跟年龄很不相符的悲观念头，比方说认定自己肯定婚姻不幸什么的，但总的来说……"

"哼。"

"总的来说人还不错。"

这时候，我几乎认定，我那患有老年痴呆症的外婆，她的生病住院、打医生、连带着要吃面条汤什么的，都是一场阴谋。

"什么人还不错，她了解我多少啊，就会乱说。"我维持住了一个很凶的表情。

因为，只有很凶地，我才能说出下面这句话："你要不要进屋坐一坐？还有，你会做面条汤吗？"

图书在版编目（CIP）数据

看了高兴的爱情故事 / 方悄悄著. — 北京：

北京联合出版公司，2016.7

ISBN 978-7-5502-8196-7

Ⅰ.①看… Ⅱ.①方… Ⅲ.①短篇小说－小说集－中国－当代

Ⅳ.①I247.7

中国版本图书馆CIP数据核字(2016)第168221号

看了高兴的爱情故事

作　　者：方悄悄
责任编辑：崔保华
产品经理：周乔蒙
特约编辑：黄川川
装帧设计：粉粉猫

北京联合出版公司出版

（北京市西城区德外大街83号楼9层　100088）

北京文昌阁彩色印刷有限责任公司　新华书店经销

字数：156千字　880mm×1230mm　1/32　印张：10

2016年9月第1版　2016年9月第1次印刷

ISBN：978-7-5502-8196-7

定价：39.00元